张文祥刺马案

平江不肖生 著

中国文史出版社

图书在版编目（CIP）数据

张文祥刺马案 / 平江不肖生著. -- 北京：中国文史出版社，2019.12

（明清小说书系 / 文陆主编）

ISBN 978-7-5205-1891-8

Ⅰ. ①张… Ⅱ. ①平… Ⅲ. ①侠义小说-中国-现代 Ⅳ. ①I246.5

中国版本图书馆 CIP 数据核字（2019）第 297162 号

责任编辑：孙裕

出版发行：**中国文史出版社**

社　　址：北京市海淀区西八里庄路 69 号院　　邮编：100142

电　　话：010-81136606　81136602　81136603（发行部）

传　　真：010-81136655

印　　装：廊坊市海涛印刷有限公司

经　　销：全国新华书店

开　　本：787×1092　1/16

印　　张：11.5

字　　数：178 千字

版　　次：2021 年 1 月北京第 1 版

印　　次：2021 年 1 月第 1 次印刷

定　　价：36.00 元

出版说明

中国的文学作品具有鲜明的时代特征。明清是小说的繁荣岁月，这两个时期留下了大量的小说作品。

这些作品不仅是研究中国文学的宝库，也是研究中国语言发展的资源。更重要的是，虽然这些只是文学作品，但是其中包含有大量的历史知识，通过这些作品，我们还可以了解明清时代的社会、文化、生活、经济等状况。

虽然明清时期留下了大量的小说作品，但多是刻版印刷而成，且质量参差不齐。鉴于此，我们整理出版《明清小说书系》丛书，一是希望能为中国文学史的研究提供一份助力；二是希望能为中国语言发展的研究提供一些文献；三是希望能为明清时期的历史研究提供一些资料。

以今天的观点来看，毋庸置疑，明清小说中存在很多不合时宜甚至是糟粕的东西，这是我们在此提醒读者需要注意的问题。我们希望读者能够在阅读的过程中，取其精华，弃其糟粕。同时，尽管我们兢兢业业，但不足之处在所难免，不当之处，敬请读者谅解。

目 录

第一回

常德庆中途修宿怨
陈继志总角逞英雄

话说柳迟和陆小青回身扑奔红莲寺，才走了二十多里，忽见前面一个跛脚叫花，蓬头散发，满面泥垢，身上衣服破烂不堪，肩下搭着七个布袋。手中撑着一根拐杖，甚是粗壮。弯弯曲曲的，左一个节，右一个包。虽看不出是什么树木，只是一望便能知道这拐杖的分量不轻，一颠一跛地迎面走来。拐杖所点之地，一个一个的窟窿，和牛足踏在烂泥里的形迹一般。柳迟曾在叫花队里混过几年，分得出叫花的资格等第。当下看了这叫花，便低声向陆小青道："你瞧前面来的那叫花，是一个寻常的大叫花吗？"陆小青望着笑道："看他那根讨米棍，倒是不小，叫花手里的棍是准备打狗的，什么恶狗能受得起这么一棍。只怕是一个有些来历的人，不是寻常的叫花。"

二人说话时，那叫花已拐到了眼前。原是低着头只顾走的，至此因二人立在旁边让路，那叫花忽然抬头向二人望了一望。柳迟一看那叫花的两只眼睛，真是神目如电，威势逼人，不由得心里一惊。暗想：这人哪里是叫花，分明是有大能为的人假装的，但不知是什么人？为什么要假装叫花？正踌躇着想向这人打招呼。忽见他对陆小青笑道："陆少爷久违了！"陆小青望这人打量了一眼，不觉"哎呀"了一声，问道："你老人家不是那年替先父治伤的常师傅吗？近年来我时常想慕师傅，只恨不知道师傅的住处，无从拜访。想不到今日在这里遇着了，师傅此刻打算去什么地方？”

看官们看到这里，大约不待在下表白，也都知道这个常师傅，就是第一集书中，因押解三十万两饷银，在罗山遇盗伤足的常德庆。常德庆当下见问，笑道：“我是个乞食糊口的人，哪里有一定的去向，你打算去哪里呢？”陆小青道：“我原是要到长沙省城里去的。不料在半路上出了岔头，险些儿把性命都送掉了，于今要到红莲寺去。”柳迟见陆小青对常德庆说实话，心里甚是着急，当面又不好阻止他，只好轻轻在陆小青的衣角上扯了一下。但陆小青的话已说出，一时提不回来，虽不继续再说下去，然常德庆听了那几句话，已似乎很注意地问道：“在半路上出了什么岔头？于今到红莲寺去干什么呢？”陆小青因柳迟在他衣角上扯了那么一下，又听了赵振武说这事不能声张出去，心里很后悔自己说话太鲁莽，不该露出半路出岔头和去红莲寺的话来。不过话已说出，常德庆又很注意地盘问，一时哪有可以遮掩的话呢？只急得红了脸望着柳迟。柳迟知道陆小青这时心里是很窘的，便挽着陆小青的手，对常德庆道：“改日再会吧。此时实在有点儿很要紧的事去，不能在此地多耽搁。”说毕，二人提脚便走，只听得常德庆哈哈大笑道：“泥菩萨过江，自身难保，还打算保人家吗？”柳迟一听这话，心里不由得动一下，不知不觉地停步回头问道：“这话怎么讲？”常德庆不作理会，支着拐杖只顾一颠一跛地往前走。

陆小青低声对柳迟道：“这常师傅是个异人，先父在日，是极钦佩他的。我记得先父常说常德庆的能耐，大得不可思议，那时我浏阳人正为争赵家坪的事和平江人相打，我浏阳打输了，先父受了重伤，命在旦夕，多亏了常德庆师傅前来医治。据常师傅说，先父受了平江人的暗器，那暗器名叫梅花针，非练剑和修道的人不能使用。我先父痛恨切齿，誓必报这仇恨，当面哀求常师傅帮助。常师傅当时虽不曾明白应允，然后看他那时的神气，对于那个使用梅花针伤人的人，确也非常愤恨，不过从那回医治先父的伤以后，便不曾再见他到我家来了。第二年平、浏两县的人又在赵家坪相打。使用梅花针的也不见再来，常师傅也不曾到场，我浏阳人却打胜了。后来我先父仿佛听得人说，常师傅就为争赵家坪那回事，曾邀集多少能人，和使用梅花针的本人及其师傅、师兄弟等，大大较量了一次，好像两边的本领都了不得，没分出谁胜谁负来。

"我彼时因年事太轻，又专在读书用功的时候，听了也不在意，不曾追问个究竟怎样，总而言之，这常师傅是个有绝高本领的。他刚才说泥菩萨过江自身难保的话，其中必有道理。我想，红莲寺既是那么一个万恶的所在，里面能人不少，并且我昨夜窥破了他寺里的底细，那知客僧将铁板门关上，原是要置我于死地的，想不到有你在屋上帮助我逃了出来，我料他们此刻必已有了准备。我二人就有登天的本领，也敌不住他们数百个凶恶的和尚，不如回头去追上常师傅，求他帮助，同去除了那个万恶的害人坑，搭救卜巡抚。"

柳迟踌躇道："这事只怕向他说不清，我师傅既叮嘱我不许露面，我想露面尚且不可，怎好拿这事去向人说，胡乱求人帮助呢？你不知道我师傅的神通，是通天彻地的，若是我干不了的事，决不至差我来干。你如果害怕不敢前去，尽管请便。我师傅原是差我一个人到红莲寺搭救贵人的，想不到却先救了你。我明知红莲寺的僧人恶毒厉害，论本领你我都不是他们的对手。不过一则因师命不可违，二则我也略知数理，算定这回虽是险恶，只是好在帮助我成功的人很多，并且无须我去求助，所以我敢大胆前去。"陆小青道："安知这常师傅不是帮助你我成功的人呢？我的性命，若不蒙你搭救，昨夜早已断送在红莲寺了。死里逃生的人，还有什么害怕？我想不先不后的，偏巧在这时候遇见常师傅，也可见得是你的数验了。常师傅既是不约而来，自然无须你去求他帮助，但是总得向他说一番。你还是可以不露面，我去追上他向他说，好吗？”柳迟听了，不好再说不肯，只得微微地点头。陆小青即回身向常德庆走的那条路追赶上去。

追过一个山嘴，就见常德庆撑着那根拐杖，在前面一颠一跛地走着。陆小青一面跑，一面喊道：“常师傅请停步，我有话说。”常德庆随即掉过头来问道：“什么事？”陆小青已跑到了跟前，说道：“你老人家听了我说去红莲寺的话，便说什么泥菩萨过江，自身难保，我仔细思量你老人家这句话，我此去红莲寺，必是凶多吉少。我不在这里遇着你老人家便罢，既有缘遇着了，就得求你老人家助我一臂之力。红莲寺那种万恶的地方，你老人家必早已知道，他们如今竟敢将一省的督抚软困在里面，不放出来，这还了得？”

常德庆听了，且不回答，只探头朝陆小青后面望了几眼，问道：“和你同行的那小子呢？他不是暗中扯你的衣角，不许你和我说话吗？怎的你独自追来，对我说出这些没头没脑的话？”陆小青红了脸说道：“我那朋友并不是不许我和你老人家说话，实在因心里着急，恐怕在路上多耽搁了误事，所以挽着我走。求你老人家大度包容，不要见怪。”常德庆笑道：“不干我的事，我怪些什么！你不追回来找我，我就懒得说。你听了我泥菩萨过江的话，便知道此去凶多吉少，也难得你有这般机警，我看在你亡故的父亲面上，老实对你说一句：你既不为官作宰，又不当差供职，管什么督抚被困的事。休说你此刻只有罗春霖传授的这点儿能为，够不上管这些闲事。便是有再大些的本领，事不干己，也以不过问为好。你想去长沙，就和我一同到长沙去吧。”

陆小青摇头道：“这却使不得，不是我敢不听你老人家的吩咐，也不是我仗着这点儿能耐爱多管闲事，只因男子汉大丈夫，受了人家的好处，不能不尽力图个报答。”常德庆很诧异地问道：“你几时受过那督抚的好处吗?”陆小青道：“不是，督抚与我分隔云泥，哪有好处给我。我于今安心要求你老人家帮助，不能不向你老人家说实话。我昨夜因是中秋节，想找一个地方好的饭店歇宿，倒把宿头错过了，只得在红莲寺借宿。半夜在月下徘徊，无意中看见了许多女鬼在佛前礼拜，忽然屋上一声瓦响，那些女鬼顿时都钻进那莲花台下去了。我赶到莲花座跟前看时，原来座下是一个地洞，我想佛殿乃清净庄严之地，如何会有鬼魂出没，如何会有地道呢?心里正在疑惑，谁知回到睡处，那知客和尚已坐在我床沿上，说我已窥破了他寺里的暧昧，勒逼我非立时剃度出家不可！我不依从，他就抽刀要杀我。我正待举刀迎上去，却不知道那秃驴为什么忽然将刀抽回去不砍下来，并来不及地往门外跑去。那秃驴刚跨出房门，啪的一声就将一扇铁板门关上了，我被禁在房里，想冲破屋瓦逃走，谁知那房子的悬皮屋梁都是铁的，只冲得头痛，不曾冲得出来。那秃驴出去，耳听得带了许多人向那房子奔来。你老人家替我设想：在那时急也不急?就亏了刚才和我同行的那位朋友，他因为到红莲寺想搭救卜巡抚，正在我被禁的屋上躲着，将悬皮屋瓦打了一个窟窿，才把我救了出来。于今卜巡抚还不曾救出，我自然应该帮同他去救，才是道理。”

常德庆点头道：“原来是这么一回事，救你的那人姓什么?他为何要去搭救卜巡抚?”陆小青低头想了一想，说道：“我那朋友原是不肯露面的，不过我既来求你老人家帮助，便不能不说实话。他与那卜巡抚并不相干，他是奉了他师傅的命而来的。他姓柳名迟。据他说，他师傅姓吕，名宣良，绰号‘金罗汉’。好像在江湖上很有些声名。大约你老人家也认识。”常德庆睁开两眼望着陆小青说到这里，仿佛忍耐不住了的样子，摇着手，说道：“不用往下说了！我不但认识他，并且时时刻刻想他，只苦会他不着，今天难得有你对我说实话，有他的徒弟来了，没当面错过。我愿意出力替你们帮忙，就此一同到红莲寺去吧。”陆小青不知道昆仑派与崆峒派积有仇怨，也听不出常德庆的话来，以为真个肯出力帮忙，当下喜不自胜地引常德庆走回来。走到与柳迟分手之处，却不见柳迟的踪影了。一听路旁的山里树林中，有妇人、小孩的说笑声音。陆小青道：“那柳迟本是站在这里等候的，此刻不知跑到哪里去了。这山里有人说笑，莫不是上山看去了？你老人家同到山里去瞧瞧，好吗？”常德庆现出不耐烦的神气，说道：“既约了此地等候，为什么不等你回来，就独自跑到山里去呢？我懒得上山，你自去叫他下来便了。”陆小青便不勉强，只得独自跑进树林里面寻找。但是这山里的树木非常茂盛，几步外就树木遮断的望眼，看不见人物，而听那说笑的声音，却很明晰，并听得出有柳迟的声音在内。依着发声的所在寻去，甚是作怪。寻到东边，一听说笑声，又仿佛在西边发出来。寻到西边，再听得笑声又仿佛到了南边。寻来寻去，只是见不着，寻得陆小青心里焦躁起来了，叫了几声柳大哥，也不见柳迟答应。心想：这不是青天白日遇见鬼了吗？怎么这么一块巴掌大的地方，听得说话的声，见不着说话的人呢？

柳迟并不曾对我说有同来的女伴，我上山的时候，分明听得有年轻女子的声音在内。我曾听得人说，常有少年人被狐狸精迷了的事。柳迟年纪很轻，人物又生得漂亮，莫不是真个有狐狸精使神通将他迷在树林中？我肉眼凡胎，所以看不见他们。常师傅的本领大，请他上山来，必能把狐狸精的法术破了。柳迟昨夜救了我的性命，我何能坐视不救他？

想罢，即向山下奔来。才跑出树林，就见常德庆已撑着拐杖，正一颠一跛地朝山上走。一见陆小青，便带气说道：“怎么只管教我在路上等着，连回信也不给我一个呢？那小子十九是逃跑了。你还是同我去长沙吧，不要多管闲事！”陆小青道：“他是奉了他师傅的命，特地前来救人的，无端怎肯逃跑？不过这事很是蹊跷，我分明听得是他的声音，和一个年轻女子的声音，在树林里说话，并有一个小男孩的声音，夹在里面说笑。估计那发声的所在，至多不过十来丈远近，不知是什么缘故，再也见不着他们的面。”

常德庆偏着头听了一听，点头道：“不差，那说笑的声音，我耳里也分明听得。”随即举目向树林中望了一望，笑问道：“你以为是什么道理?”陆小青道：“我知道他是一个人到红莲寺来的，并没有女人、小孩子同行。若是偶然遇着的，好人家女子，绝没有和面生男子是那么说笑的道理，听说有种狐狸精，最会迷惑少年男子。我料柳迟必也是遇着那一类妖精了。你老人家的本领大，千万救他一救!”常德庆哈哈大笑道：“什么狐狸精，有这大的胆量，敢在青天白日里迷人，你哪里知道，这是那小子有意在我跟前卖弄神通的。嘎，嘎！我不知道你是吕宣良的徒弟便罢，既知道你是那老贼的徒弟了，今日狭路相逢，只怕由不得我做人情，放你过去!”说罢，举左手向树林中一照，随手起了一个霹雳，只震得山摇地动，树林跟着一起一伏，如被狂风摧折。把个陆小青惊得浑身发抖起来，心里才明白常德庆是和柳迟的师傅有仇，怪不得柳迟不肯露面，不许说实话。不由得十分懊悔自己不该鲁莽。常德庆本已走过去了的，自己不该不听柳迟的言语，将常德庆追回来，又把实情对常德庆说了，以致好意弄成了恶意，若常德庆真个把柳迟打死了，自己不是恩将仇报吗？陆小青心里一着急，就不知不觉地双膝朝常德庆跪下来，身体筛糠也似的抖着，说道：“柳迟是我的救命恩人。他和你老人家没有仇怨，何以是这么给他过不去呢?”

常德庆满面的怒容，还不曾回答。只见一个年约十二三岁的小孩子，从树林中走了出来。那孩子生得眉目如画，齿白唇红。头上二三寸长的短发，用红丝绳结成五个角儿，身上穿着花团锦簇，俨然一个富家公子的气概。常德庆觉得这孩子生得可爱，正很注意地看着。不提防那孩子的身法真快，还相隔两丈远近，只见他头一低，双脚一垫，已比箭还急的，对准常德庆怀中撞将过来。常德庆知道不妙，想躲闪哪来得及，“哎呀”都不曾叫出，已被那孩子一头撞中胸膛，就是一个仰天倒栽葱，骨碌碌滚到了山下。

常德庆曾练过多年内功的身体，平日刀剑都砍刺不入。想不到那小孩头上的五只角儿，竟比五支钢锥还来得锋利，胸膛上险些儿被撞成了五个窟窿。常德庆身体才着地，就待跳来和那小孩拼命，无奈栽下来是背脊着地地躺着。他原是断了一条腿的人，终不能像有两条腿的一般便捷，仰面朝天躺着的时候，更不大好使力，必须翻一个身才能爬起来，刚翻过身来挣扎，想不到那孩子真刁狡，不先不后的，正在常德庆背脊朝天的时候，饿鹰扑兔也似的扑将过来，只用脚尖在常德庆背脊上一点，正点在穴道上，常德庆禁不住身体一软，鼻尖擦地，伏在地上动也不能动了。不但全身的本领施展不出，就是一肚皮的法术，和多年的苦功炼成的飞剑，也因被那小孩在无意中点着了穴道，浑身顿时失了知觉，一点儿不能使用了，只耳里明明听得那小孩在背上笑道：“你这个臭叫花，真不自量！从哪里学会了一手掌心雷，就随处拿来献丑。我们坐在树林里说话，与你这臭叫花有什么相干，平白无故的用得着下这种毒手。我若不取你的狗命，你也不知道你小爷爷的厉害。”当即觉得头顶上的乱发被小孩抓住了，背脊上如失了千斤重负，身不由己地被小孩提了起来。

就在这时候，忽听得山腰里有娇滴滴的女子声音喊道：“弟弟放手吧，这叫花不是外人，原是我们家里的小伙计。且放下来问他，为什么无端下毒手打人？”常德庆听声音，想不起是谁。等那小孩放了手才抬头看时，不由得两眼冒火、七窍生烟。原来他认识山腰里的女子，不是别人，正是背父母跟丈夫私逃的甘联珠小姐。顿时想起甘二嫔驰的老命，虽是断送在吕宣良的神鹰爪下，然当日若不为甘联珠背父图逃，吕宣良帮助桂武，又何至有那种惨事闹出来。就是今日用掌心雷去劈柳迟，也无非为那回的事，寻报吕宣良仇不得，杀了他的徒弟，也可以消消胸中的恶气。谁知这贱丫头偏巧也到这里来，我知道这贱丫头除了练就了一身惊人的武艺而外，并没有别的本领。也是我今日合该倒霉，略不小心，倒被这小鬼头欺负了。这里面必然还有能人，若不然，我一掌心雷也就把他们昏倒了。只是我受了这小鬼头这般凌辱，自后也没有面目见人了。不管他里面还有什么能人，我情愿把这条命拼了。

常德庆将心一横，即仰面向甘联珠骂道："我想不到你这贱丫头还有脸来见我！我不把你杀死，你祖母也死不瞑目！"说罢，一拍后脑，只见一道金光射出，直向甘联珠头上飞去，说时迟那时快，那小孩笑嘻嘻地叫了一声好宝贝，也从脑后射出一道白光来，对准那金光横截过去。常德庆一见白光射出，好像知道敌不过的样子，忙伸手将金光招了回来，改变了一副很和悦的面孔，对那小孩作揖，说道："好本领，使我钦佩之至！请问你的尊姓大名?"小孩也伸手招回了白光，笑道："你是打算问了我的姓名，好日后报仇雪恨吗？我也不怕你，我姓陈，名继志，红姑就是我的母亲。我母亲的神数，知道你这臭叫花为甘家报仇，要害金罗汉徒弟的性命，特差我和表嫂来救的。你知道吗?"常德庆叹了一口气道："昆仑派有这么多的能人，哪得不强盛。"旋说弯腰拾起拐杖，一颠一颠地走了。

且说甘联珠见常德庆走后，向树林中招了柳迟出来，说道："你此时用不着先到红莲寺去。我料常德庆受了这番凌辱，知道有能人在此，他们是与红莲寺贼秃通气的，必然去红莲寺通信。那些贼秃原没有逃避之心，有常德庆去通消息，便不怕他们不急急逃避了。你可在此等候那中军官带了官兵前来，再一同到红莲寺去，免得和那些贼秃见面厮杀起来，又结下无穷的仇怨。我奉了姑母的命，和表弟到这里来，就是要借常德庆的口，去说些厉害给红莲寺的贼秃听，所以是这般做作。”柳迟问道：“现在卜巡抚还被困在红莲寺里，不怕那些贼秃杀了他泄愤吗？”甘联珠笑道：“那些贼秃若能把卜巡抚杀死，还等到此刻吗？”

柳迟不懂这话怎么讲，正待发问，只见陆小青从树林中探头探脑地走了过来。陈继志一见面，就指着对甘联珠笑道：“昨夜见鬼的那人来了！”边说边掉过脸望着陆小青，说道：“我是你的救命恩人，你知道吗！”陆小青听了，摸不着头脑，也望着陈继志发怔。陈继志道：“我昨夜用梅花针救了你的性命，你还不知道吗？”陆小青只得赔笑说道：“只怪我的本领太低微，实在不知道在什么时候，承情救了我的性命！”陈继志道：“昨夜那贼秃举刀要劈你，你可知道那刀是什么刀？”陆小青道：“我认得是缅甸刀。”陈继志道：“你既认得是缅甸刀，就应该知道缅刀的厉害，是能削铁如泥的，怎么倒举着胳膊迎上去呢？那刀若真上劈下来，不但你这条胳膊顿时两断，说不定连头带肩劈成两半个。

“那时我和表嫂戴了我母亲给的遁甲符在头上，能隐形使人不看见，已在红莲寺守了三昼夜了。寺里贼秃几次想害卜巡抚，都是我在暗中用梅花针打在贼秃的光头上，有发根遮掩住了，使他们看不出来。直到昨夜，那贼秃举刀来劈你，我想打他的头来不及，只得向他的脉腕打去。你的命虽然救下，只是我这把戏却玩穿了。贼秃中也有好几个是练剑的，齐出来和我两人作对。我因家母不许我两人露面，恐怕被贼秃破了遁甲符隐不了形，给他们知道了是家母的主使，只好退出红莲寺来。”柳迟笑道：“到底还是非露面不可！”甘联珠道：“在常德庆跟前这么露面，是不妨事的。常德庆为甘家的事向你寻仇，我自不能坐视不救，这另是一桩事。崆峒派的人便不讲道理，也不能因此结怨。”陈继志对甘联珠道：“我们的事情已了，好回去消差了吧。”陆小青忙恭恭敬敬地作了两个揖道：“承两位救我的命，只好铭感在心，徐图报答。”陈继志笑道：“我是向你说笑话的，哪里算得了一回事。”甘联珠率着陈继志已走了几步，忽回身叫了声“啊唷”，说道：“还有一句要紧的话，忘记向你们说。”柳迟忙问什么话？不知甘联珠说出什么要紧的话来？且待下回再说。

第二回

游郊野中途逢贼秃
入佛寺半夜会淫魔

话说甘联珠回身说道：“你们知道那些贼秃将卜巡抚藏在什么地方吗?”柳迟道：“我正着急不知藏在什么地方。偌大一个红莲寺，又有地洞和机关暗室，寻找起来很不容易。”甘联珠笑道：“知道了便极容易，一不在地洞里，二不在机关暗室里，就在那左侧廊檐底下的铜钟里面。”陆小青听了，笑道：“原来就在那里面罩着吗？我昨夜还在钟的左右徘徊了许久，因见殿上有鬼魂出现才走开的呢。”甘联珠说明了这话，自带着陈继志走了。

且说柳迟同陆小青遵着甘联珠的话，在路旁等不多时，便见赵振武统率一大队兵马，风驰电掣一般地来了。一同杀奔红莲寺，看时，果然满寺的僧人，早走得不见一个踪影了。扛起那口铜钟救出卜巡抚来，已被闷得奄奄一息了，灌救了一会儿才醒来，说已三日不沾水米。

原来八月十三这日，卜巡抚又私地走出衙门，在大街上闲行访问民间疾苦。这种举动，在平常为官作宰的人，不必做到督抚，只要是一个上了六品的官儿，便不肯单独步行，恐怕失了体统，唯有这卜巡抚，在湖南巡抚任上，每月至少也有二三次青衣小帽地闲步出来游览。在巡抚部院里听差供职的人，习久也都见惯了，不以为异。八月间郊外田禾正熟，一望如黄金世界，卜巡抚久想去城外看看秋收丰歉。走出南门城，不觉信步向田亩中走去，遇着年老的农夫，便立刻闲谈片刻。是这般且行且止的，不知不觉离城五六里了，口中有些发渴，见前面大路旁边，有一所小小的茶铺，茅棚中安放了许多座椅，原是给行路人息肩解渴的，已有几个小贩模样的人，很疲乏地坐在棚里休息。卜巡抚遂也缓步进去，就一处当风的所在坐下来。茶铺主人见卜巡抚的服装，比寻常小贩齐整，气概也与寻常小贩不同，料知茶钱是可望多得几文的，很殷勤地招待，卜巡抚坐了一会儿喝了一杯茶，他是在四乡游行惯了的，每次总得带些零钱在身边，准备做渡钱、茶钱。这时取出些零钱来，给了茶铺主人，正待起身走回衙去。

只见有两个少年男子，从省城里这条路上走来。都是身穿长衫，脚着缎鞋白袜，很像个文人的装束。只是二人头上，各戴一顶青布缘边的草帽，步履很慢地走入茶棚，在前的就近拖一把椅子坐下，从袖中取出一块洁白的手帕，揩脸上的汗珠。在后的刚待取椅就座，好像突然想起了什么事的样子，回身对那已坐下的说道："时候不早了，快点儿走吧！"茶铺主人正满面春风地托了两杯茶出来，这两人已举步朝棚外走了，卜巡抚回头望着两少年的背影，见走出棚外有数十步了，那在前的忽回头朝棚里探望一眼，随即掉头走去，那人不回头探望倒没事，这一回头，却使卜巡抚生出疑心来了。因为卜巡抚看得清晰，见在后的才和在前面的交头接耳说了几句话，在前的便回头来探望。而在后的神气之间，又似乎在那里禁止他不许回头探望，所以一回头就急忙掉过去了。

卜巡抚不由得暗自思量道："这两个东西的举动很蹊跷！这种青布缘边的白细草帽，虽是有钱人戴的，然十九是因骑马不便撑伞，才戴这种草帽遮阴。上流人步行，何妨打伞，并且这么炎热的天气，草帽戴在头上不透风，岂不更热？即算这两个东西嫌两手难擎，不愿意打伞，只是已进了茶棚，何以还将草帽戴在头上，不取下来凉凉呢？我看那个在前面的，气概不像是男子，步履又迟缓不似少年男子的活泼，已经坐下来，更显得其中有情弊。天色尚早，我何不跟上去探个究竟？若是伤风败俗的行径，也是我应该整顿的。”想罢，便不迟疑，立起身就跟踪前去。

眼见两人仍在前面缓缓地行走。但是恐怕跟得太紧，两人生疑，一分头逃跑，便不容易查出他们的根底了。因自己有地位与力量的关系，即看出了破绽，也不便就这么动手逮捕人，只能查出一个下落来，回衙着落府县官去究办。幸喜跟在背后行走，两人全不觉得。这时路上的行人稀少，在后的少年，用右手挽住在前的左手，仿佛扶持着行走的模样。那种腰肢软弱，体态轻盈的形象，更完全透露出来了。两条辫子垂在背后，都是又小又短，并不光泽。那时少年男子的辫发，一般的甚是讲究，从来不见有像这样两人的。卜巡抚仔细留神，越看越能断定：在前的必是小尼姑改装的，在后的必是小和尚改装。勤政爱民的好官府，见了这种行径的人，自忍不住心头气愤。当下卜巡抚旋走旋猜度这一对狗男女，住处必不遥远，所以一同步行。只要知道了他们的巢穴所在，就不愁他能逃出法网了。一时为一股刚正之气所鼓动，丝毫不觉得可怕，也不觉得离城太远了，不容易回去。

约莫跟了三四里，那两人忽转向一条小路上走。卜巡抚心里欢喜道：“转上小路必是离住处不远了。”看那小路前头，多是山岭，卜巡抚恐怕在山岭树林中容易走失，不敢相离远，和两人相差不到两丈。山中寂静，听得在前的说道：“我两脚实在走不动了，好哥哥让我在这树林里歇歇吧。你自己疑心生暗鬼，害得我一身都走痛了。”在后的答道：“你也太不行了，这一点儿路都走不动，定要歇歇，就歇歇吧！”两人说着，同时就一块草地坐下来。卜巡抚听在前的说话声音，娇脆非常，无论什么人听了，都能辨出是个女子。两人才坐下，那在前的又说道：“你瞧我额上的汗像水一般地淌下。这山林里没人来，取下这劳什子凉凉好吗？”一面娇滴滴地说，一面已伸手将草帽取下，露出一个又光又白的秃顶，不是小尼姑是什么呢？卜巡抚看得分明。心想：这一对狗男女，此时虽是都脸朝那边，不曾见有我在这里跟着。然万一他们回过头来望望，我一时不是无处躲藏吗？低头一看，就在身边有一块大粗石，有两尺多高，石后足够藏身。

刚要移步向石后蹲下，但是已来不及了，小尼姑说要取下草帽凉凉的时候，这小和尚也脱下草帽现出秃顶来。先朝左右看了一看，随即回转头，一眼便看见了卜巡抚。卜巡抚不禁吓了一跳，以为两个狗男女忽见有人来了，必大惊失色。谁知小和尚倒显得毫不在意的样子，对卜巡抚点了点头，笑道："既跟上来了，又藏躲做什么呢？请过来谈谈吧。"卜巡抚见已为人识破，当然不能再向石后躲，只得大摇大摆地走过去，笑道："我光明正大地行路，又不犯法，无端的要躲藏做什么？你们两位是佛门弟子呢，还是在俗的呢？"小和尚也笑道："那却随便。要说我是僧，便是僧。要说我在俗，便在俗。这么大热的天气，你也跟着走得太辛苦了，请坐下来歇息歇息，再跟我们走吧！"卜巡抚装出行若无事的样子，说道："你们也是行路，我也是行路，怎么是跟你？难道这条路只许你一两人行走吗？"小和尚刚要回答，小尼姑伸手拉了小和尚一把，说道："他行路也好，跟我们也好，管他做什么。"小和尚做出十分亲昵的神气，说道："哎哟，小妹妹，你哪里知道啊！你以为他是寻常行路的人吗？他贵人多忘事，只怕不认得我，我倒还认识他呢。此刻在湖南一省当中，要算他一个人最大，他跟我们走到这地方来，简直不怀好意。"

卜巡抚听了这几句话，险些儿惊得呆了。暗想：这贼秃既认识我是此刻湖南一省最大的人，居然还敢拿这般傲慢的神气待我，可见他已是目无王法了，倒得留神一点对付他才好，不要吃了他的眼前亏。心里是这么想着，口里便说道："你说的是什么话？我到贵省来探亲访友，今日才是第三天。你在什么地方曾认识我？你真不要疑心生暗鬼，以为我是跟着你们走，不怀好意。其实我是外省人，什么事也不与我相干，我就不怀好意，于我又有何好处？我改换一条路走吧，不要害得你们疑疑惑惑的不自在。”说罢，回身提步想走出树林，早离开这是非之场。

无奈这小和尚自知行藏已为人瞧破，不是一件当耍的事，仰面打了个哈哈，托地跳起身来，喝道：“待跑到哪里去？”这去字才脱口，卜巡抚已觉得胳膊被人捉住了，挣了几下，哪里挣得脱，仿佛被夹在铁钳里面，越挣扎越钳夹得紧，只觉得钳处痛彻心肝。转脸看时，原来小和尚用两个指头捏住胳膊，轻轻地摇动了几下，笑道：“你好好地在督抚衙门里安享，何等自在，何等快乐。偏是生成的贱相，这么炎热的天气，要独自跑出来讨苦吃。或是在衙门里闷得慌，要独自一个人出来走走，瞧瞧风景也就罢了，偏要多管闲事，死死地盯住我们不放，若真个被你盯上了，那还了得。你开口就说你没有犯法，用不着藏躲。不错，我是犯了你的法，落在你手里，是断不肯轻轻放过的。只是你不盯我，我不犯法，既是盯我到了这里，便犯了我的法了。于今落到了我手里，我也断不肯轻轻放你过去，随我来吧。”和牵小孩子一般地，将卜巡抚牵到树林深处。

卜巡抚痛得忍耐不住，口里“哎唷，哎唷”地喊叫起来，小和尚顺手往地下一带，卜巡抚便立脚不住，扑地就倒了。小和尚用一脚踏住，招手叫小尼姑过来，取了那条揩额汗的洁白手帕，先把卜巡抚的口缚了，使他喊叫不出。小尼姑又从长衫里面解下一条很长的绸巾来，小和尚接着将卜巡抚的两眼并两手缚了。卜巡抚既无力反抗，只好紧闭双目，听其所为，手眼都失了作用，又是背脊朝天地倒在地上，小和尚的脚虽已不踏在背上了，然因双手是反缚着，更牵连着后脑，扑在地上一点儿不好着力。处了这种境遇，唯有听天由命，连哼也不哼一声。

随听得小尼姑的声音呼着哥哥说道：“就是这么着掼在此地吗？我想这山里来往的人很稀少，就有人走这山里经过，也不会无端跑进这树林里来。

他一不能动弹，二不能叫唤，有谁来救他呢？至多不两三日工夫，便不饿死也得闷死，我们不管他，走吧。”小和尚发出踌躇的声口，说道：“这是使不得的，此地并不是深山穷谷，哪能保得没人行走？只要有一个砍柴的走进这山里来，就能将他救去。他一旦得回衙门，便是放虎归山，终久要出来伤人的，我戴了草帽的时候，他自然认不出我是谁。只是我已把草帽脱下，他不见得还不认识我。他原是对我们不怀好意才跟上来，若使他留得性命回去，那还了得。”

小尼姑道：“然则就用绸巾将他勒死，掼到山石里去好吗？”小和尚仍是沉吟不决似的，半晌方答道：“这也使不得，你不知道我师傅的规矩很严。在周围百里之内，休说不能私自伤害人的性命，就是对于畜类草木，也不许有一些儿伤损。并不许在一百里之内，与俗人口角斗殴，便被俗人打了骂了，都不许计较的。”小尼姑发出带笑的声音说道：“咦，咦，咦！罢了，罢了！不要信口乱说了吧，我都知道。”小和尚辩道：“你这话怎么讲，难道还怀疑我这些话是假的吗？我无缘无故哄骗你做什么？”小尼姑笑道：“谁说你是哄骗我？你是忘记前几天向我说的话了。你们寺里尚且不禁止伤害人，出来倒有这么些规矩了。”小和尚接着哈哈大笑道：“原来你是这般着想，怪道你以为我是随口乱说的。你是个聪明人，却怎么不懂得这道理？你可知道我们寺里的清规戒律，远近百里无人不赞叹，是什么道理？就是这个道理，寺里都是自己人，那些清规戒律，有什么用处？”小尼姑道：“这也使不得，那也使不得，到底打算怎么办啊？”小和尚道：“不用着急，好在天色已快要黑了，把他扛回寺里去，听凭师傅发落，死活我们可以不管了。”

卜巡抚听了二人谈论的话，心想：我自到任以来，时常单独步行出外，认识我的自是不少。不过他说他寺里的清规戒律，百里远近的人无不赞叹。我所闻清规戒律最严的，莫过于红莲寺，红莲寺的知圆长老，我曾迎接到衙里讲过经。我记得他来的时候，带了法随侍六人，其中两个的年纪很轻。只因我当时不曾留意，相貌记不清晰了，或者这贼秃便是其中的一个。卜巡抚虽如此猜度，然始终不相信知圆长老是个恶僧，以为到寺里见了贼秃的师傅，是不是知圆，落眼便能认识。若是知圆，除了他蓄志谋叛便罢，不然，绝没有这么大的胆量，敢公然危害我的性命。并且我待他那么殷勤，见面总应该有点儿情分，所虑就怕不是红莲寺，落到强盗窝里去了，便更难望生还了。

想到这个生死的关头，委实有些慌乱。也不知在地上躺了若干时刻，忽觉身体被人提起来，仿佛是在肩上扛着，一高一低地行走得很快。耳听得背后还有一个人跟着走。逆料扛自己的就是小和尚，跟着走的是小尼姑。不过二人在路上都不开口说话。两眼虽被绸巾缚了，不看见所经过的地方是何情景，但是就身体起落的情势推测，所经过的多是山路。并且一路之上，都是静悄悄的，不仅不闻人声，连鸡鸣犬吠之声，也不听得。只觉有一阵一阵的风吹到身上，是很凉爽的，不似白昼的热风，料知此时至早也已在黄昏过后了。不知经过了多少里道路，忽隐隐闻得钟声。隔半晌才撞响一下。思量已听得着钟声了，离寺大约不远了。果然没一刻工夫，陡觉身体往上一抛，凌空与腾云相似，唯恐这一跌落下来，势必粉身碎骨。谁知却是不然，并不是单独将他的身体抛起。原来是小和尚扛着他往上一纵，大约是纵上了一道高墙，或是屋顶，听得脚底下有细微的瓦碎声，行走比地下时还快了数倍，也没有高低起落。

约莫是到了高墙尽头之处，陡觉得身体又往下一沉，不一会儿就卸了下来，仍和在山里的时候一样，背脊朝天地扑着，即听得一路脚声走出去了。不到一盏茶时候，那脚声又响了回来。有人将手的绸巾一扯，两手就放松了。再在后脑上扯了一下，两眼也能睁开看物了。只见眼前有不甚明了的灯光。正待抬头向四面瞧瞧，已听得小和尚的声音，立在身旁说道：

“解了你的缚，还不自己挣扎起来，难道想人扶你吗？”卜巡抚想用两手在地上挣扎，无奈反缚得太久，臂膊已麻痹，休说不能在地上挣扎，想运动一下都如失了知觉，不由自主只得伏着不动。小和尚似乎不耐烦了，说道：“怎的做官的人这么不济，起来吧，你的老朋友在方丈等你！”说时，伸一只手握着肩膊只一提，就提得站起来。小和尚又把缚口的手帕解下，凑近嗅了一嗅，说道：“原是一条香帕，一用着缚你的臭口，就变成臭帕了。若不是我心上人的东西，我真不要了呢？随我来吧。”旋说旋揣了手帕，牵着卜巡抚的衣袖就往房外走。

穿门过户，走到一处，灯烛辉煌，陈设精雅富丽。卜巡抚一眼看见靠墙根安放着的一张花梨木禅榻，顿时想起这房间就是知圆和尚的方丈。卜巡抚曾到红莲寺烧香，知圆和尚便是迎接在这方丈里款待。方丈中陈设的器具，仍与从前所见的不异，不过昼夜的光景不同罢了，此时禅榻上并不见知圆和尚，也没有旁的僧人。心里又不由得诧异道：“这小贼说我的老朋友在方丈里等我。所谓老朋友，不待说必是知圆了，何以方丈中又没有他呢？”

正在如此疑惑，小和尚牵着衣袖直到禅榻跟前，一脚跨上去，只见他伸手在墙上不知如何推按了几下，才一霎眼工夫，禅榻自然向后移动了一二尺，墙根上闪出一个洞门来。小和尚指着洞门，说道：“走进这里面去吧。你来了一时半刻，你的老朋友已进宫取乐去了，懒得出来，教我引你进宫去见，尽管放胆走。若是存心要取你的性命，随便怎么下手你都逃不了，这不是为要害你才哄着你进去。”卜巡抚落圈套已到了这一步，是早拼着一死了。然一瞧洞门里面，漆也似的乌黑，房中的灯烛光，却被禅榻遮掩了，一点儿看不出洞门以内是何模样。毕竟读书人的胆力不壮，不敢跨进脚去，小和尚现出轻视的神气，说道：“怕死的人也终免不了一死，我引你进去吧。”

回身握了卜巡抚的手，弯腰向洞门里走去。卜巡抚跟着一进洞门，只觉得凉气袭人。脚下一步低似一步，好像是很平坦的石级，二三十步外才是平地。更行数步，即见自里射出来的灯光了，在未见灯光的时候，两耳如在瓮中，仿佛有数十百种声音，同时在远处发作，但觉满耳嗡嗡的，辨别不出一种声音来，及一见灯光，种种庞杂的声音，立时都入耳分明了。原来有丝竹管弦的声音，有歌喉婉转高唱入云的声音，有笑语喧哗的声音，有喝好鼓掌的声音，卜巡抚暗自寻思道："谁也想不到万人称赞清净高尚的红莲寺地下，会有这种所在。这寺里贼秃平日之无法无天，概可想见了。我的命若不该丧在此地，脱险后又不能为民间除了一大害，从此誓不再做官了！"才思量到这里，小和尚一手握着他，一手撩起一条门帘，将握手一松，卜巡抚险些儿栽了个跟斗，立稳脚一看，竟把个官居极品的卜巡抚看得呆了！

这间房子，分明是一间地下室。然寻常地下室，都是湫隘卑湿，仅能容几人起卧而已，哪里有这样堂皇高大的。这房仿佛极宽大的厅堂，横直穿心都有三四丈，四围上下，装饰得耀眼夺目，巨烛高灯，照彻通明，与白昼无异。上首安放了一个形似禅榻而大倍寻常的东西，一个脱得精光的老和尚颓然高卧在上面，两个妙龄的女子，也是一丝不挂地坐在旁边，替老和尚捶腿捏胳膊，榻前原有帐幔的，此时向两边悬得高高的并没放下，幔前约有十来个粉白黛绿的女子，也有古装的，也有时装的，也有赤条条毫无遮掩的，在一团舞的舞，唱的唱。奏乐的坐在四角，也有十多个，尽是青年和尚，不用说衣服，连带也不见有一条在身上。一个个涎皮涎脸的，眯缝着两眼望了歌舞的女子。那些歌舞的女子，也故意卖弄风骚，做出种种淫荡不堪的神态，撩拨得那些青年和尚简直如雪狮子向火，浑身骨头节都融了。却又各自距离得远远的，不敢挨近身去。

老和尚看得高兴，就高声喊起好来，也看不出老和尚是什么用意。卜巡抚虽与知圆和尚见过几次面，然这个老和尚因脱得一身精光了，又是睡在榻上，相隔有二丈远近，竟看不明白不知是不是知圆和尚，也不敢冒昧走上前去瞧个仔细。卜巡抚见了这种邪淫的现象，心里虽不由得愤恨到了极处，但转念一想：这些贼秃，居然敢如此无法无天，哪里还知道什么忌惮。我不去触怒他们，犹恐他们不放我出去。惹恼了他们，就更不要望活命了。于今只要能委曲求全性命，便是千万之幸了。卜巡抚一这么想，即做出老实可怜的样子，低头站着不动。

歌舞的女子一会儿停止歌舞了，奏乐的青年和尚也都停止吹弹了。老和尚忽从榻上抬起头来，问道："还不曾来吗?"歌舞的女子见问，同时十几双清妙的眼光，齐射到卜巡抚身上，都伸手指了一指，向老和尚回道："喏，早已在这里站着，幸亏是男子汉大脚，若是教我们一动也不动地站这么久，只怕两条腿早已痛断了。"老和尚轰雷也似的喝了一声道："贵人在这里你们也敢胡说乱道，这还了得。都给我赶紧滚到幔后头去。"十来个女子都吃吃地笑着，躲藏到帐幔后面去了。坐在榻上的两个女子，也待下榻跑去。老和尚摇手止住道："你们不要走，只顾好好地替我捏着捶着吧。"边说边抬起半边身子来，对卜巡抚招了招手，笑道："请过这里来。"卜巡抚假装老实人害怕的样子，缩缩瑟瑟地挨近禅榻，仍低头立着。老和尚在卜巡抚浑身上下端详了几眼，笑道："果然是贵人到了，有失迎候，罪过，罪过！别来不久，贵人更见发福了。老衲真说起来惭愧，一日衰似一日，于今已是颓唐得不堪了。"

卜巡抚这时已看出老和尚是知圆了，却仍做出发怔的模样。两眼一翻一翻地望着知圆说道："老师傅莫不是认错了人吗？我姓和，名伯和。从河南来贵省探亲，才到了三日，不知为着什么事，少师傅在路上遇着我，就不由分说地，将我捆起扛到这里来。我曾在什么地方看见过老师傅，已想不起来了，望老师傅慈悲，放我出去，免得舍亲盼望。"知圆和尚已坐起身来大笑道："这一派话用不着说了。我和你是老相识，烧成灰我还认识你，由你假装不认识就行了吗？我这地方，不但外边俗人不能来，就是同寺的僧人，非经我呼唤，也不敢跨进一只脚来，你虽是官居极品，然是对于俗人才有高低上下，我们出家人佛法平等，人世的官阶，与我们释家无涉。不过你既到我这秘密地方来了，不得不谓之与我有缘，你我就此畅饮一场吧。"说时，举眼向房角上的青年和尚说道："传语出去，从速开一席酒菜上来。"便见青年和尚走到门口，撩起门帘，照知圆和尚吩咐的话说了一遍。大约门外有人伺候着，青年和尚说了自还原位。

顷刻之间，酒菜就送进来了。就在大禅榻上安放一张炕几模样的矮脚方桌，金杯牙箸，海味山珍，罗列一桌。知圆让卜巡抚在对面坐下，亲自执壶斟了一杯酒，笑道："我这里的酒，是不容易饮着的，虽赶不上天宫里的玉液琼浆，可以延年益寿，也实在能忘忧解闷，奉劝你多饮几杯吧。"卜巡抚此时哪里还有闲心饮酒，只急得不知要如何才好，也不愿意与知圆和尚虚谦假让，接过酒杯就搁下，也不敢饮。知圆好像已看出他不敢饮的意思，先举杯一口饮干了，将杯照着，说道："我要害你性命，岂用得着毒酒？你且干了这杯，我有话说。我为你设想：既到了这一步，就忧愁烦闷到死，也不过是白送了性命，有什么用处呢？你要知道人生寿命有限，苦多乐少，我们活在世上，若不自己寻些快乐，简直从出娘胎以至老死，没一时一刻不是苦恼。我明白你此时的心事，总以为我难免不伤害你的性命，所以急得要想逃生的方法。老实对你说一句，你若是一个平常与我不相识的人，到了我这地方，窥破了我的行径，便插翅也休想能逃得出去。因为我不能不将他杀死，灭他的口，使他不能去向外人乱说。你的官阶大小，虽与我佛门无涉，但是你曾殷勤迎接我到衙门里讲经，又曾来这寺里拈过香，毕竟比较寻常人多一些儿情分，我决不取你的性命就是了。"卜巡抚料知不能再瞒混过去了，只得放开了胆量，说道："老和尚的话，固是不差。

我也知道人生苦多乐少，为人须及时行乐。不过像老和尚是出家人，不受王法拘束，没有国家责任，可以一心寻乐。我是薄福的人，如何能与老和尚同日而语?”知圆紧接着说道:“你想学我的样，不是极平常极容易的事吗? 有一句俗语道：和尚是人做成的，谁生成是和尚? 我立刻给你剃度，你便立刻做成和尚了。你心里不要搁不下一个湖南巡抚的虚名，须知终归是要搁下的。我这寺里虽有一百多法侣，只是还不曾有可传我衣钵的人。你剃度后，便可传我衣钵，你居了我的地位，不用说一个巡抚赶不上我的尊荣快乐，就是贵为天子，富有四海，也不及我的自在舒徐。”卜巡抚道：“我此时的俗务纠纷尘心未退，还不是出家的机缘。望老和尚宽假些时，等我回去将一切俗务了脱，一定皈依座下，也不敢望传老和尚衣钵，就做一个火工道人，也是心甘情愿的。”知圆笑道：“你这个想回去的念头快点儿打消吧。非是我少了徒弟，要勉强你出家，只怪你无端要多管闲事，存心窥破人的阴私，小徒在路上行走，实不曾有干犯你的地方，你偏要紧紧跟随不放，你那时若不是动了杀念，小徒又何至将你扛到此地来。如果到此地过来的俗人，居然能带着性命回去，我这所在不早已变成瓦砾之场了吗? 我自从住持这红莲寺，对于窥破了我底细的人，早限定了只有两条路给走，从来没有丝毫通融改变。”

卜巡抚问道：“请问是哪两条路?”知圆道：“我佛以慈悲度人为本。所以第一条路就是立刻剃度。若这人不识抬举，不愿剃度，就只有即时给他一布袋石灰，送他到西方极乐世界去。想留着活口去外面胡说乱道，无论是谁也休作这梦想。”卜巡抚道：“剃度后是应遵守怎样的清规戒律?”知圆道:“清规戒律倒不难遵守。不过我这寺里此类剃度，与其他佛寺里的剃度不同，终年只能在地室中逍遥快乐，不许任意行动。”卜巡抚心想：这种剃度，何异活埋在这地窖里。衙中人见我独自出来不曾回去，势必四处探寻，若侥幸得救出去，顶上的短发已经剃了，此后岂但不能为官，并不能为人了。宁死也不能受这大辱。主意已定，即正色对知圆说道：“我受朝廷封疆重寄，岂可偷生忍辱？你若尚有丝毫畏法之心，趁早送我回衙，我倒可通融，不认真追究。如你执迷不肯放我，任凭你处治便了。”知圆点了点头道：“两条路我也任凭你走，你既以为剃度是受辱，也罢，就由你走第二条路吧。”随即向房角上的和尚道：“取弥勒来，送他到西天去。”便有两个青年和尚应声而去。

只一转眼的时间，忽见一个青年和尚面如土色地奔即来说道：“不知是什么缘故，长兄才一伸手去取弥勒，就一跤跌倒了。弟子只道他提不起，用力过猛闪了腰肢，弯腰去扶他，谁知他和死了一样，鼻息都没有了。”知圆吃惊似的跳下禅榻来道：“这是怎么一回事？”不知究竟是怎么一回事？且待下回再说。

第三回

宾朋肆应仗义疏财 湖海漂流浮家泛宅

话说知圆听了青年和尚那种奇异的报告，即起身走到那倒地的青年和尚跟前一看，灯烛之光照得分明，不是死了是什么呢？知圆不由得踌躇起来，暗道：“卜巡抚官居极品，大概他所到之处，必有百神呵护。这弥勒布袋取去，便是他生死的关头，所以百神要保护他的性命，就得是这般显点灵应出来，使我好消灭杀他的念头。不过我今日不杀他，来日他必杀我。像红莲寺这么好的基业，一旦败露了不能再在此地立脚，却教我们到何处更创一个这般稳固的所在呢，他既不肯剃度，难道因取弥勒布袋的人死了，便饶了他放他出去不成？生死原有一定，安知不是这小子应该得急症病死，适逢其会在这里死了。我倒不相信真有神灵如此保护这狗官，我命里若也注定了要死在这时候，就躲也躲不了，我何不亲自动手将布袋提过去。”知圆这么一想，立时似乎下了一个决心。才向布袋跟前移了两步，正待弯腰伸手，猛觉得呼的一阵旋风，房中的灯烛，顿时齐被吹熄了，有几盏灯竟被风刮倒在地，只吹得知圆毛骨悚然，连忙伸起腰来，左手捏诀，口中念动禁压妖魔鬼怪的真言。这是知圆和尚的看家本领，无论山魈野魅，鬼怪妖精，哪怕在百里以外，知圆将这种真言念动，立刻都不能行动，唯有俯首帖耳地听知圆的指挥令。知圆何以有这般本领，究竟他是如何的来历？

前几回连篇累牍地写红莲寺，却没工夫把红莲寺的历史叙述出来。

大概看官们心里总不免有些纳闷，以为光天化日之下，逼近省会之地，怎地会忽然钻出一个这般鬼鬼祟祟的万恶红莲寺来？一定是不肖生活见鬼，青天白日在这里说梦话。看官们不要性急，这是千真万确的一桩故事。诸位不信，不妨找一个湖南唱汉调的老戏子，看是不是有一出火烧红莲寺的戏。这戏在距今三十年前，演得最多，只是没有在白天演。因为满台火景，必在夜间演来才好看，不过演这出戏，仅演卜巡抚落难，陆小青见鬼，甘联珠、陈继志暗护卜巡抚，与卜巡抚脱难后火烧红莲寺而已。至于知圆和尚的来历，戏中不曾演出。并且当时看戏的，都只知道知圆的诨名“铁头和尚”，少有知道他法号叫“知圆”的。在下却破工夫打听了知圆的一生来历，正好趁这时分写出来。

知圆的俗家姓杨，原籍河南。他父亲单名一个幻字，二十五岁上就点了武状元，专好结纳海内豪杰之士。论到杨幻的武艺，能大魁天下，自然是了不得的高强。不过他点状元的本领，是他极不得意的功夫。他得意的功夫，为一般会武艺的行家所推崇佩服的，在会试场中都用不着。他最会纵跳和使放暗器。身体魁梧奇伟，无论什么有眼力的人一眼看去，无不以为他这么高大的身材，必然笨滞不堪。谁知他上起高来，竟比猢狲还加倍轻捷。浑身筋骨，要硬便硬如钢铁，要软便软如丝绵，身材矮小人钻不过去的缝隙，杨幻钻过去倒像绰有余裕，一点儿也不觉得那缝隙仄狭了。寻常会武艺的人，使放暗器，尽有准头极好百发百中的。然普通只能近放，不能远放。就是有力量能放远的，也只能在那毫无遮拦阻隔的地方打人。若在树林当中，及有窗格阻挡的所在，暗器便发放出去，也不能远，效力是更差了。唯有杨幻的暗器，不拘在什么地方，只要有一线之路，能看得见心里想打的人，不问上下、左右有多少层障碍，他的暗器能照着那一线之路，直射过去。他正练习暗器的时候，每在墙壁上掏一个茶杯大小的窟窿，点一支线香在墙那边，他立在墙这边，暗器从窟窿中打过去，将香头打灭。后来练习的日子长了，能在黑夜之中，暗器穿过两层墙洞，将点在第三间房里的香头打灭。凡是有人使用的暗器，他无有不会，无有不精。

他祖传的产业，原极豪富，自奉却非常俭约，银钱专用在交游上面。只要是有点儿能耐和声名的人走他家经过，或是专程去拜访他的，他总得奉送些程仪。若有缓急去求他帮助，看需要多少，开出口来，没有不如数奉送的。受他殷勤款待与银钱帮助的人越多，杨幻两个字的声名也越大。那时在江湖上一提起杨状元，不问认识不认识，都得称赞一声“仗义疏财的好汉”。后来杨幻的家产被杨幻没有限制地赠送得精光了，在原籍不能居住。一则因为远处闻名的人，不知道杨幻的处境不如从前，以为永远是一个可扰之东，源源不断地来杨家拜访。杨幻慷慨惯了，一旦没力量帮助人，面上觉得很惭愧。二则因家境既不宽舒，便不能款待朋友。他是生性好友的人，只得离开原籍出门访友。这时杨幻的年纪已有了五十多岁，只有一个儿子名从化，年已十六岁了。杨从化得他父亲传授的武艺，虽赶不上他父亲那般高妙，然不但和他一般年龄的人没有能敌得过他的，就是从来在江湖上称好汉的老手看了他的功夫，也都得说一句后生可畏，不敢存与他尝试的心。杨从化才到十岁，他母亲便死了。杨幻也没续弦，也没纳妾。杨幻一带着杨从化出门，原籍地方就没有杨幻的家了，杨幻父子到处游行访友。

这日在陕西境内，坐船经过一处很大的码头，天色已将近黄昏了。船靠码头的时候，杨幻坐在舱里，推开窗门向码头上看热闹。只见离船约一箭远近的岸边，有一个大石岩伸在水里，石岩上巍然矗立着一个和尚：右手撑着一条臂膊粗的禅杖，左手握拳抵在腰间，挺胸昂头，竖起两道浓黑如漆的扫帚眉，睁起两只光如闪电的巨眼，不转眼朝船上看着。杨幻一见面，就不由得吃了一惊。暗想：我自已的身材已是很魁梧的了，这和尚只怕比我还要高大一倍。这和尚的年纪虽也不小，然像这样金刚一般的气概，出门怎用得着撑拐杖。并且看这拐杖的形式，十九是用纯钢打就的，怕不有一百来斤重。看他两眼露出凶光，下死劲钉住在我这船上，难道曾和我有什么仇怨，知道今日到这里来，特地先在此地等候我吗？

只是我平生并不曾见过这样的和尚，也不曾有开罪和尚的事。我于今也不管他是不是有意来与我为难的，今夜只小心一点儿睡觉便了，杨幻心里这么思想着，两眼懒得与那和尚对望了，移向码头上闲看了一会儿，再向石岩上看和尚时，已不知在何时走到何处去了。这夜杨幻父子都不敢安然就睡，准备那和尚前来有什么举动。但是提心吊胆了一夜，直到天明，丝毫动静也没有。

杨幻不由得暗自好笑道：我真是疑心生暗鬼，白耽了一夜的心思，不敢安睡，谁知是偶然遇着。只是这和尚虽不知道我，我既遇见他，倒得上峰去访访他，看他的本领究竟怎样。这和尚在此地的声名必不小，逆料没有访不着的。杨幻父子所坐的船，是单独雇的，行止可以自由，因为他父子的目的在访友，沿途遇着名人好汉，随处都得流连。这日杨幻吃了早饭，即带着杨从化上岸，专访本地的丛林古寺，却不见有那般模样的和尚。找着地方年老诚实的人打听，也没人知道有这么一个和尚。整整地访了三日，不曾访着，只得罢了。

第四日仍开船向前进发，行了几十里，天色向晚，又到了一个埠头停泊。每次泊船的时候，杨幻照例凭窗向岸上眺望。想不到一举眼，又见那个和尚，仍是与前日一般眼睁睁向这船上望着，右手还是撑着那支臂膊粗的黑色禅杖。杨幻心里想道：难道这番也是偶然的吗？我看这秃驴的神情，逆料他对我必不怀好意。我平生虽不曾有事得罪过和尚，只是和尚是凡人做成的，说不定这秃驴在未出家以前，曾与我有什么事过不去。我当时不留意，相隔的年数多了，他又出了家，改变了装束模样，我见面不认识他，他是存心要报复的，自然能认识我。有一句古话说得好，先下手为强，后下手遭殃。他若不是为寻仇报复的，便不应该是这般跟着我，现出这样神气来。我乘他不防备的时候，赏他一袖箭，我宁可杀了他，不能因姑息之念反为他所算。

主意既定，再看那和尚，正掉头望着后面。杨幻不由得暗喜道：这真是绝好的机会。一点儿不踌躇，右手一起，一支箭早已如掣电一般地，直向和尚的后脑射去。杨幻自以为一箭射在没蓄发的头上，至少也得射进去两寸多深，将脑髓射出来。哪知道事实完全与理想不对：那箭不偏不倚地射在和尚后脑上，只听得喳的一声，就和碰在钢板上一样，不但没射进去一分、半分，反碰得那箭射回来，足有一两丈远近，落到水里去了。

和尚仿佛吃了一惊似的，一面用左手在袖箭射着的地方搔着，好像表示射着的地方，如被虱子咬了一般的痒。一面掉转脸来，望着杨幻含笑点头。这一来，倒把一个见多识广武艺高强的杨幻，弄得不知道怎么才好。此时船已靠好了码头。那和尚便拖着禅杖，一步一步地向船跟前走来，现出满面笑容，不似以前那般横眉鼓眼凶不可当的模样了。杨幻这时心里虽甚后悔不该鲁莽动手，然事已到了这一步，吉凶祸福，已来不及计虑了，唯有连忙吩咐杨从化在隔舱蹲着，端整兵器在手，准备和尚一动手，就冷不防地钻出来，帮着厮杀。自己也将应手的兵器，安放在便于携取的地方，装出安闲的样子，走出舱来。

只见和尚已到船头立着，将禅杖倚在身边，双手合十，迎着杨幻笑道："来者果是杨状元吗？贫僧迎候了好几日，只因不知究竟是也不是，不敢冒昧进见。幸蒙赏赐了这一袖箭，贫僧方能断定：若不是杨状元，他人绝不能打得贫僧的脑门这么发痒，真是幸会之至。"这几句话，只说得杨幻的脸红一阵白一阵。只是看和尚说话的神气甚是诚恳，并没带着讥讽的意味，也不像是前来寻仇报复的，只得也赔着笑脸抱拳说道："不知大和尚法讳怎么称呼？宝刹在哪里？何以知道不才会来此地？”旋说旋让和尚进舱里，分宾主坐定。和尚接着答道：“贫僧法号无垢，这番因云游到陕西，在西安报恩寺雪门师叔那里，听说杨大居士已动身来陕西访友，贫僧久慕大居士的声名，本打算亲到河南拜访，无奈一晌都不得方便。近来正喜有机缘可以成行了，偏巧小徒从河南回来，据说曾到了大居士府上，适逢大居士已离开原籍，出门访友，并无一定的行踪，贫僧听了，唯有自叹缘悭。却想不到一来西安，无意中倒得着大居士的踪迹，所以特地来河边等候。”

杨幻见无垢和尚说得这般恳切，料知绝无恶意，忙起身拱手道：“承大和尚如此厚意殷勤，不才真是又感激又惭愧，大和尚刚才说西安报恩寺的雪门师叔，不知是不是和江南周发廷老爹同门的雪门师傅？”无垢连连点头，笑道：“正是他老人家，居士原来和江南周老爹相熟吗？那是贫僧的师伯。”杨幻笑道：“江南周老爹谁不知道，更是不才平生最服膺的老辈，听说周老爹同门兄弟，并雪门师傅只有三人，还有一位田老师，多年隐居不出，外人知道的很少。想必大和尚的尊师，就是他老人家了。”无垢和尚微笑点头道：“贫僧俗姓田，字义周，居士所说的，便是贫僧的俗父，已于五年前去世了。”杨幻喜道：“怪道大和尚有这等惊人的本领，原来是大名家之后。我真是肉眼凡胎，唐突了大和尚，罪该万死。”

无垢和尚摆手说道：“居士不用客气。贫僧虽是出了家，然贫僧的功夫，不是在出家后练的，你我都是同道的人，贫僧因听得小徒说，居士有一位公子，功夫甚是了得，居士带着一路出门，何不请出来给贫僧见见？”杨幻谦逊道：“小孩子顽劣不堪，怎够得上说功夫。”旋说旋向隔舱叫道：“我儿快出来向大和尚请安！”

前舱说话，杨从化在后舱听得分明。连忙放下手中兵器，理了理身上衣服，应声出来，恭恭敬敬地向无垢和尚行礼。无垢慌忙双手拉了起来，两眼在杨从化浑身打量了一遍，不住地点头笑道：“好气宇，好骨格。怪不得小徒再三称赞。”杨幻问道：“令徒是哪位？曾见过小子吗？”无垢道：“自然是见过的。”说着，拉了杨从化的手问道：“你今年有十六岁了吗？”杨从化应是。无垢又问道：“从几岁起练功夫？”杨从化道：“五岁。”无垢叫着“哎呀”道：“练过十一年了，难得，难得。你也读过书，认识字吗？”杨从化道：“书也略读了些，字也略认识一些。”无垢道：“书是从几岁读起的？”杨从化道：“也是五岁。”无垢听了，欢喜得哈哈大笑道：“书也不间断地读了十一年。像这般文武全才的童子，除了你恐怕没有第二个。”杨从化不作声。杨幻在旁谦谢道：“大和尚太夸奖他了，小子今日能遇见大和尚，实可谓之三生有幸，得恳求大和尚玉成他才好。”

说罢，起身对无垢一躬到地。无垢欣然答道：“令郎合该与贫僧有缘。贫僧在十年前虽收了一个徒弟，只是他有他自己的事业，不能随侍左右。多久就存心要物色一个，无如称我心愿的实不容易找着。就是我那小徒，也随处替我留意，因此见了令郎，对贫僧称道不置。”杨从化生性聪明，听得自己父亲求无垢玉成他，无垢已应允了，不待他父亲开口，即双膝往舱板上一跪，捣蒜一般地磕了四个头，无垢很高兴地坐受了，对杨幻说道：“贫僧近年募化十方，已在湖南长沙、浏阳交界之处，买了些田地。那地方原有一所古寺叫红莲寺，规模不大，地形却甚好。贫僧已从四川、陕西两省，雇了二三十名很工巧的泥木匠，到湖南重新盖造起来，此刻已造成一所大寺院了。那地方最好修炼。令郎即拜给贫僧做徒弟，就得跟随贫僧到红莲寺去。不过出家不出家，倒可听凭尊便，那是不能勉强的。”不知杨幻如何回答？且待下回再说。

第四回

述根由大禅师收徒
隐姓氏张义士访友

话说杨幻听了无垢的话，笑道："师傅知道我父子此刻虽不曾出家，却已没有家了吗？十年前，我父子在河南原籍不但有家，并是轰轰烈烈热热闹闹的大家。自己家里的眷属奴仆不在内，就只每日在我家盘桓的亲戚朋友，至少也有四五十人，这还不是热热闹闹的大家吗？谁知敝内去世后，家政经理无人，家业便一年不如一年地凋零下来。渐渐供给不起亲友，亲友也渐渐地疏远不大上门了，更渐渐蓄不起奴仆，奴仆也就一个一个地换上主人了。所有相依不去的，只有这个小子。为人到了这一步，还有看不透的世情吗？这小子若没有安顿的所在，我也不舍得就此不顾他。于今即遇着师傅了，正是他的福报。他果能即时皈依三宝，求师傅剃度，我心不但没有舍不得的念头，并且深庆他能得所。"无垢合十，口念阿弥陀佛道："这就更难得了。"无垢和尚这夜就在船上歇宿。

杨幻陪着谈论了多少时事，评骘了多少人物，忽然想起无垢所说的徒弟来，忍不住问道："师傅在十年前收的那位高足，毕竟姓甚名谁？既到寒舍见过小子，一定也见过我的，我只是想不起何时来过会武艺的出家人来。"无垢略沉吟了一下，笑道："我那小徒原不曾出家，居士如何想得起来呢。居士不是外人，贫僧不妨直说。小徒到尊府去的时候，贫僧虽不知他假托什么姓名，然可料定他绝不肯将真姓名说出。因为他身上的案件很多，在河南地方说出真姓名来，多有不便，并且怕拖累居士。居士广结天下豪杰之士，张文祥这个人，居士曾听人谈起过吗?”杨幻道：“不是四川的枭匪头目张文祥吗?”无垢和尚笑道：“除了那个张文祥，哪里还有第二个张文祥，够得上称天下豪杰之士呢?”杨幻也点头笑道：“那是时常听得有人谈起他，说他武艺高强，性情豪侠，实在是一个数一数二的好汉。不过谈论他的人，没一个不叹息他，说他可惜走错了道路。以那么好的天资能耐，不走向正路上去，建功立业，将来封妻荫子，却专一结交川中无赖，成群结队地贩私盐。听说几次与官兵对垒，都是张文祥打胜了，官厅几番想招安他，他不但不理，并杀戮了好几名官员，弄得官府没有法子，只好悬重赏捉拿他。我听了张文祥这种行为，也委实有些替他可惜。大师傅的高足，就是张文祥吗?”无垢也叹了一口气，说道：“凡事不是身历其境的，不容易明白。以张文祥的聪明智识，何尝分辨不出邪正。譬如骑在老虎背上的人，岂不自知危险，急想跳下虎背来。但是不跳下，不得近虎口；跳下来反不能免了。如果有方法能跳下此背，又可免遭虎口，张文祥早已改邪归正了。”

杨从化偏着头思索了一会儿，忽向无垢问道：“张师兄是不是三十来岁年纪，长条身体，紫色脸膛，两道长眉入鬓，说话略带些口吃的呢?”无垢笑道：“你何以见得这般模样的是他呢?”杨从化望着杨幻说道：“爹爹不记得那个姓赵的吗？他说姓赵，行一，就叫赵一，没有名字。他去后，爹爹不是很觉得奇怪吗？说他这般本领高强的人，应该早有很大的声名了，怎么就叫作赵一。而赵一这两个字，却从来没听人谈过呢？我当时听得爹爹这般说，也疑心必是有名的人，或者因恐怕敌不过爹爹，坏了自己的声名，所以不说真姓名。依师傅的话推想起来，那赵一不是张师兄，还有谁呢?”杨幻沉吟着没开口。

无垢笑道："倒是你推想得不差，你且说那赵一是何时到你家去的？在你家是怎样的情形？"杨从化道："那赵一在三年前到我家，只歇宿一夜，就推说事忙走了。初时谈论拳脚武艺，不肯和我爹爹较量，言行很是恭敬，很是客气。问我练了些什么功夫。似乎十分仔细。后来定要和我交手，我推辞不掉，只得和他走了两趟。他却只是招架，绝不回手。我见他身体矫捷得非常，只顾向后闪退，打算将他逼到没有退路的地方，看他怎样。只见他背贴墙壁，墙壁就洞穿了一个和他身体一般大的窟窿，用斧头钢凿成，也没有这般迅速这般齐整。我记得他次日临走的时候，笑嘻嘻地向我连说了几句后会有期。"杨幻说道："怪不得那人有如此高强的本领，原来是老师傅的高足。我真粗心，当时也不知道根究他一个来由。"无垢道："居士当时不根究他的来由也好，小徒生性甚是多疑，他去府上原是好意，没得因无意的根究他来由，倒使他好意变成了恶意。"杨幻父子这夜又和无垢谈论了一会儿，就彼此安歇了。

次日，带着杨从化要走。杨幻心里总不免有些依恋，对杨从化说道："你的缘法好，能得着这样的高明师傅，更有那么了得的师兄。只要你能不辜负你师傅的栽培，将来的造就，实不可限量。我现在已年将花甲，此后得一日清闲，便是享受一日的福报。没有重创家业的心，自然没有再行住家的事，游到哪里是哪里，在何处死了，便在何处掩埋。你此去但一心伺候师傅，不可想念我。我若有缘游到湖南，必来红莲寺瞧你。你会着你师兄张文祥的时候，说我问候他，他的境遇，我因与他只有一面之缘，不得而知。不过我十分佩服他是好汉，也十分爱惜他这个好汉。师傅说他骑虎不能下背，自是实在情形。但是我有一句话奉送他，就是劝他得好休时便好休，绿林只是好汉暂时存身之地，不是终生立足之区。他既是得高师，出家岂非跳下虎背的第一妙法？"杨从化流泪说道："爹爹的话，孩儿牢记在心，遇见师兄便说。"杨幻又拜托了无垢一番，无垢才带着杨从化作辞去了。杨幻从此单独一个人，游踪无定。不知游了多少年，何时死于何地，正应了那句不知所终的老话了。

于今且说杨从化跟着无垢和尚，一路并不耽搁地回到红莲寺。这时红莲寺里，已有十来个和尚，都是无垢和尚的徒弟。寺里虽一般地供奉了佛像，只是并不开放给俗人烧香礼拜。无垢和尚在寺里的时候，每日由无垢率领着众和尚做几次照例的功课。一到夜间关闭了山门，无垢便督率着众和尚练习武艺。杨从化聪明出众，武艺本来在众和尚之上，无垢更特别地喜爱他，尽自己的能耐传给他。杨从化一因没有六亲眷属，心无挂碍；二因年轻没有损友引诱他入邪途，除学做佛堂功课以外，能专心一志地练习武艺。无垢在众徒弟中，独喜爱杨从化，也只最信用杨从化。寺中有许多内容，众和尚所不知道的，杨从化无不知道。

原来这红莲寺，表面虽是无垢募化十方得来的银钱，盖造这一所寺院做净修之所的。实在就是张文祥拿出钱来，由无垢经手盖造这寺院，为他自己将来下台地步的，所以泥木匠都从四川雇来，暗室机关造得异常巧妙，非深知内幕情形，不但在房里房外都寻不出一点儿可疑的破绽来。尽管动手将这一座寺院拆毁，夷为平地，也不会显出可疑的地方。是这般建造红莲寺的主意，果然不是无垢和尚想出来的，也不是他徒弟张文祥想出来的，这其中还有一个才高八斗、足智多谋的人物在内。这人是张文祥的把兄，姓郑，单名一个时字。讲到张文祥的事，因为有刺杀马新贻那桩惊天动地的大案，前人笔记上很有不少的记载，并有编为小说的，更有编为戏剧的。不过那案在当时，因有许多忌讳，不但做笔记、编小说戏剧的得不着实情，就得着了实情，也不敢照实做出来、编出来。便是当时奉旨同审理张文祥的人，除了刑部尚书郑敦谨而外，所知道的供词情节，也都是曾国藩一手遮天捏造出来的，与事实完全不对。在下因调查红莲寺的来由出处，找着郑敦谨的女婿，为当日在屏风后窃听张文祥供词的人，才探得了一个究竟，这种情节不照实记出来，一则湮没了可惜，二则在下这部义侠传，非有这一段情节加进去，荒唐诡怪的红莲寺，未免太没来由。因此尽管是妇孺皆知的张文祥刺马故事，也得不惮词费，依据在下所探得的，从头至尾写出来，替屈死专制淫威下的英雄出一出气。

闲话少说，且说杨从化到红莲寺有了半年，与闻了无垢和尚与张文祥的一切秘密。这夜已在二更过后了，杨从化在梦中被人推醒。张眼看时，还仿佛认得出是几年前在河南原籍和自己交手的赵一，心里早已明白就是大师兄张文祥，并非真个姓赵行一，连忙翻身起来。正待称呼他一声大师兄，张文祥已笑着开口说道："杨公子久违了，还认识我赵一吗？"杨从化已下地对张文祥叩头行礼，口称大师兄道："自从来此半年，无一日不想念大师兄。"慌得张文祥连忙赔礼，笑道："杨公子为何称我赵一为大师兄？"杨从化正色道："还在这里杨公子杨公子，我真不敢和大师兄说话了。那年自大师兄走后，我和家父都疑心赵一不是真姓名，不过凭空想不到是大师兄罢了。所以我和家父在陕西初遇师傅的时候，师傅一提到大师兄曾去我家的话，我便知道大师兄必就是那个假赵一。"

张文祥道："我那时连对你说几句后会有期，你不觉得我是有意吗？"杨从化道："那时虽不知道是什么用意，但已觉得说那话的语气和神情，都不像平常临别时照例说出来的套话。"张文祥笑道："可见得凡事皆由前定，我若在那时向你和老伯直说，要引你到红莲寺来，拜我师傅做徒弟，十有九是办不到的。因为那时的机缘还不曾成熟，雪门祖师在三年前，早算就了杨老伯必有在家乡不能居住的一日，所以直待你随杨老伯游到了陕西，师傅才来相见。"杨从化想起自己父亲吩咐转述的话，即将那夜在船上杨幻与无垢和尚谈论张文祥的话，及次日临行所吩咐的话，都很委婉地说了。

张文祥听罢，就窗眼里向天空恭恭敬敬地作了三个揖道："杨老伯爱我的厚意，我应铭心刻骨地感激，我只要略有机缘，誓不辜负他老人家这番厚意。你是我自己亲兄弟一般的人，我的事不妨直告你知道，我此刻的境遇，若是出家可以了事，也不自寻苦恼了。我在四川，连我自己有三个把兄弟。大哥姓郑，名时，虽只进了一个学，然学问渊博，四川的老生宿儒，没一个不钦佩郑时的才情文采。并且他不仅文学高人一等，就是行军布阵，划谋定计，虽古时的名将，也不见得能超过他。数年来我辈在川中的事业声名，全仗他一人运筹帷幄。我和三弟施星标，只是供他的指挥驱使而已。不过每次与官兵对垒，总是我奋勇争先，所向披靡，因此我在四川的声名，倒在郑大哥之上。其实我辈若没有郑大哥运筹帷幄，早已不能在四川立脚了。郑大哥也知道绿林只可以暂时托足，不能作为终生的事业。无如手下数千同甘共苦好多年的兄弟，一个个都是积案如山的人，一旦散伙，他们都找不着安全立足之地。望着他们挨次断送在那些狗官手里，我们当好汉的人，于心何忍。”

杨从化截住问道：“不是大家都说官府曾几次派人来招安，大师兄不但不肯，反把官府派来人杀戮的吗？这又是什么道理呢？”张文祥笑道：“招安两个字，谈何容易。在四川那些狗官，哪一个配有招我们的气魄，配有驾驭我们的才能。既没有气魄，又没有才能的狗官，就不应提起招安两个字。招安这两字从他们口里说出来，不过想邀功得赏，打算用招安两字骗我们落他的圈套罢了，是这般居心，就应该杀戮，何况真敢派人来尝试。他既存心来要我们的命，我们自然不能饶恕他。如果真有一位有才干有气魄的好官，休说招抚我们之后还给我们官做，哪怕招抚我去替他当差，终日伺候他，我也心甘情愿的。我和郑大哥都抱定一个主意：宁肯跟一个大英雄大豪杰当奴仆，不愿在一个庸碌无能的上司手下当属员。”

杨从化点头道：“这种主意，实在不错。不过英雄可以造时势。豪杰之士，虽无文王犹兴。以师兄与郑大哥这样的文武全才，只要有了这个改邪归正的念头，将来一有机缘，飞黄腾达自是意中事，本来也不能急在一时。不知那位施星标三哥是怎样的一位人物？”张文祥道：“施三弟吗，论这人的本领，文不能提笔，武不能挥拳。只是为人诚实，外不欺人，内不欺心，现成的事教他去办，他是能谨守法度，不能将事情办好，也不至将事情弄糟。若教他去开始办理一桩事，那是不成功的。我和郑大哥就爱他为人诚实，不知道世间有狡猾害人的人，并不相信世间有狡猾害人的事。他跟着我兄弟两个，总不至有上人家当的时候，若离开我兄弟两个，他就不行了。”

杨从化问道：“听说师兄在四川，也时常攻城夺地，将府县官拿住斩首，是不是确实有这种行为呢？”张文祥道：“这不算稀奇。攻城夺地，杀戮官府，也不但我们这一起人。凡是干我们这种行业的，总免不了有与官兵动手的时候。既动手就有胜负，负则逃散，胜则夺取城池。不过只我们这一起的力量大些，从来不曾打败过，所以外面的声名闹大了。”杨从化道：“那么，师兄在四川占领的城池应该不少了？”张文祥笑道：“谁去认真占领，和官兵打一个不歇休呢？我们若和官兵认真打起来，是无论如何讨不了便宜的。我们的人，一阵少似一阵，一时没有增加添补，官兵是可以有加无已的。唯有飘忽不定的一法，可以对付官兵。做官的人，谁也不愿意打仗，只要目前安靖了，就得粉饰太平，邀功讨赏。便明知我们藏匿在什么地方，他也不愿问，不是面子上太过不去了，绝不至兴师动众地和我们相打，我们也只求生意上可以获利，又何苦无端去找官府为难，因此才能两下相安地过下去。”

杨从化道：“此刻师兄到这里来了，于那边的事业没有妨碍吗？”张文祥道：“久离是不妥的，有郑大哥在那里，大致还可以放心，这地方就是郑大哥出主意经营的。郑大哥也多久就料定做私盐不是长远的局面，不能不趁这时候，积聚几文血汗钱在这里，作将来退步的打算。但是我们三兄弟的声名闹得太大，万不能由我三人出面购产业，而这种银钱上的事，又不容易托付得人。郑大哥想来想去唯有托我师傅，因他老人家是个出家人，银钱可以由募化得来，不必定有出处。若在俗人，凭空拿出许多银两出来买田购地，旁人看了，没有不生疑的。旁人一生了疑心，就难免不查根问底，万一露了一点儿风声出去，我三人便枉费心机了。我三人将来的下场，十九得依遵杨老伯的话，以出家为上。”杨从化道：“我非母亲早已去世，父亲虽健在，然风烛残年，且萍踪无定，今生能否再见，尚不可知，是则有父也和无父一样。兄弟妻子更是无有，难得有这出家的门路。我一晌打算求师傅替我剃度，师兄的意思以为怎样？”不知张文祥怎生回答，且待下回再说。

第五回

求放心杨从化削发
失守地马新贻遭擒

话说张文祥听杨从化打算出家的话，很高兴地答道：“贤弟能出家，是再好没有的了。不过出家容易，既出家之后，又想返俗，就太不成话了。贤弟此刻年轻，有几件出家人最难守持的戒律，还不曾经历过，不知道艰难。所虑的就怕将来守不住出家的戒，以出家人造在家人所不敢造的孽，那就不是当耍的事。贤弟若自问将来能保住决不至有犯戒的事做出来，那么出家真是再好没有了。”杨从化问道：“将来怎么样，我不曾经历，固是不知道。不过我得问师兄一句话：只看出家人最难守持的戒律，是由旁人逼着我使我不能守呢？还是由我自己忽然不能守？”张文祥笑道：“哪有由旁人逼迫犯戒的事。出家人犯戒，全是由于自己没有操持的力量，与旁人无涉。”杨从化道：“如果是由旁人逼迫的，我倒有些害怕。因为我的能力有限，强似我的人多，若遇着一个能力强似我的人，要他逼迫我做犯戒的事，我拗他不过，又不肯拼命保守，那就难免不被他逼得犯戒。至于没有能力强似我的人来逼迫，我自己不肯做犯戒的事，却如何会犯戒呢？”张文祥微笑点头道：“但愿老弟能口心如一，能始终如一，将来成佛成仙，也都从这不犯戒中得来。老弟能从此立定脚跟，我即刻便去向师傅说，求他老人家替你剃度。”

“我也知道出家修行，是最好的事，无如我自知生成的尘心太重，和野马一般的性格，丝毫受不了羁勒。什么菩萨戒、罗汉戒、比丘戒，种种繁难的戒律，我果然是守不了。就是极简便的杀、盗、淫、妄、酒五居士戒，我除了妄语而外，这四戒都难保不犯。这是由于我生性到了那时分，自己也制自己不了。我也知道不可杀生，不过遇了有一种恶毒的人，正在干恶毒的事，一落到我眼里，心里就不由得冒起火，两手就也不由自主地非杀了他不可。刀光过去，心里便顿时舒畅了。老弟生长名门，人心险恶，世路崎岖，都没有阅历，又得早遇名师。譬如一株树，出土就有人栽培扶植，不经风雨摧残，冰霜侵蚀，所以能枝干条达，没有轮囷盘曲的奇形怪状。老弟此时的心地，光明活泼，渣滓全无，出家修道最相宜的，快把身上衣服整理，就一同到师傅那里去，我好将老弟要求剃度的心愿，当面禀明师傅。”杨从化欣然答应，立时端整了衣冠，随同张文祥到无垢方丈里。

这时无垢还不曾安歇，正盘膝坐在禅床上做禅定的功夫。张文祥轻轻地立在一旁，不敢惊动。好半晌，无垢才出定，张眼望着杨从化问道：“你和他别了几年，见面还能认识吗？”杨从化上前一步应道：“像大师兄这般英伟的气概，便再过十年八载，见面也能认识。”无垢笑了一笑，又问道：“你父亲吩咐你对他说的话，你已说过了吗？”杨从化道：“已向大师兄说过了。”无垢即转脸望着张文祥，问道：“你听了他父亲的话，心下如何打算？”张文祥道：“弟子明知杨老伯的话，句句都是金玉良言。师傅是深知弟子的，暂时唯有尽人事以听天命，若撇下数百个几年来同甘共苦的兄弟，只因自己能安然脱身，他们的死活都不顾，这是弟子万万做不到的。不过弟子出家的事，虽遥遥无期，杨师弟却已动了出家之念。特地同来，要求师傅给他剃度。”

无垢听了，现出踌躇的神气，问杨从化道：“你知道出家有什么难处吗？”杨从化道：“弟子不曾出家，不知道出家有什么难处。但是，弟子曾读孔孟之书，孟子曾说，学问之道无他，求其放心而已。弟子思量出家修行，也只在求放心上做功夫。这求放心的勾当，说难便难，说易也易，不知道是与不是?”无垢原不是读书人出家，只因那次败在朱镇岳手里，朱镇岳逼着要见他，他是气量偏仄的人，一时羞愤得跳窗户出来。后虽自悔鲁莽，然打听得朱镇岳在山中守制，自觉不好意思转脸回山去，就此出家做了和尚。

剃度他的师傅，虽也是四川峨眉山伏虎寺方丈，开谛和尚的徒弟圆觉大师，也是个大有道行的好和尚。无如田义周不是个十分聪悟的人，又非由他本人看破了红尘出家的，逼得无家可归，才出家借寺院为栖身之所。因此在圆觉大师跟前，并没领会多少修行真谛。不过他从小在侠义之门，平日的熏陶濡染，已使他不敢有背义害理的举动，受戒后自能恪守清规。凡是普通出家人所应行的功课，他都遵照实行罢了。至于神机妙理，是没有多大心得的。在红莲寺的和尚，大半出身盐枭，通文理的更少。当下听了杨从化求放心的话，便欢喜称赞，以为是寺里许多和尚所不及的。次日，就替杨从化剃度了，赐名“知圆”。知圆的天分果是极高，遇事能得无垢和尚的欢心。寺里众和尚也因知圆的年纪虽轻，文才武艺都高人一等，又是方丈和尚得意的徒弟，大家都争着巴结。知圆这时在红莲寺做和尚的事，暂且搁下。

再说那张文祥自听了杨从化转述杨幻劝他的那番言语，初时还觉得自己的处境，一时要改变途径，有些为难。在归途上一路左思右想，越想越觉得现在的处境危险，因此改邪归正的念头，不知不觉就决定了。回到四川，将杨幻的话，又对郑时、施星标二人说了一遍道：“同走我们这条道路的人，除了有几个因洗手得早，打起捆包远走高飞、不知去向的而外，简直没有听说一个能善终的。未必他们的力量都不如你我，可见得这条路是不能多走的。依我的意思：果是趁早设法抽身为好。”

施星标素来是毫无主意的人，听了不开口，望着郑时。郑时笑向张、施二人道：“这些兄弟怎么样，我都不管，我只问两位老弟，现在能出家做和尚吗?”张文祥道：“我说要设法抽身，就是为现在不能去做和尚，所以说要设法。若愿意就做和尚，有现成的红莲寺在那里，去落发便了。”郑时道：“好嘛，既不能出家，你们可知道抽身就很不容易吗？和我们同道的人，虽有打起捆包远走高飞不知去向的，只是我们不能照他们的样。他们多是偷偷摸摸不敢闯祸的，没闹出什么声名来，只要离了四川，尽管行不更名，坐不改姓，也没人知道他的履历。你我此刻是何等声势，就是出家尚且恐怕有人挑眼，何况不出家呢?”张文祥道：“照大哥这样说来，不是简直不能下台吗?”郑时道：“且看机会如何，暂时是没有妥当的法子。我们既存了这个得好休时便好休的心，料不久必有机会。不过我们万不可因动了这个念头，便自馁其气，遇事退缩不前，那就事不小，更不可露一点儿消息给众兄弟知道，如果大家在未下台之前，先自馁了锐气，便永远没有给我们好下台的机会了。”张文祥点头道：“这是至当不移的道理，我和三弟两人，横竖听从大哥的主张便了。”三个商议之后，并没有改变行动，仍是各人督率手下兄弟，做私盐交易。

又过了一些时，一次与官兵对打起来，官兵败退，盐枭照例攻夺城池。这次攻破了一座府城，将知府全家拿住了。这位城陷被擒的知府，便是马新贻，马新贻的品貌才情，当时四川全省的官场中，没有能及得他的，在四川早有能员的声望。这回因兵力不足，又疏于防范了一点儿，被张文祥等攻进城来，一时逃走不及，全家破捉。马新贻早知张文祥等这班盐枭特别凶悍，官府落到这班盐袅手里，从来没有好好释放过。自己这番被捉，也只好安排一死，不存幸免的心思。平时盐枭捉了官府，也和官府捉了匪徒一样，由匪首高坐堂皇，将官府提出审讯，并不捉着便杀，张文祥等这部分盐枭，在四川所杀戮的民府，尽是平日官声恶劣的。若是爱民勤政的好官，为地方人民所称道的，他们不但不拿来杀戮，并不去攻打好官所守的城池。马新贻虽有能员之名，对于地方百姓，却没有恩德可感，没有使张文祥等钦敬之处。所以城陷的时候，例将他全家拿住了。他们从来拿了官府，照例是由郑时坐堂审讯的。

这日，郑时审讯过马新贻之后，退堂传集张文祥、施星标二人秘密会议。郑时先开口说道："前次二弟从红莲寺回来，因听了杨幻劝勉的话，动了改邪归正的念头，我一晌留心寻觅大家好下台的机会，即苦于觅不着。刚才我审讯这个知府马新贻，看他的谈吐相貌，很不寻常。我料他将来发达，不可限量，我等要下台，这机会倒不可错过，只不知两位老弟的意思怎样?"张文祥道："这知府的谈吐相貌好，如何是我们下台的机会，我不懂得其中的道理。"郑时道："我也知道老弟不懂，也只问老弟愿意不愿意趁此下台。愿意，我再说其中的道理。"张文祥道："既是下台的好机会，安有不愿意的。"郑时点头道："我看马新贻的仪表非凡，逆料他将来必成大器。我打算好生款待他，和他结纳，求他以后设法招安我们，于我们有好处，于他自己也有好处，我料他为人精干，将来必能如我等的心愿。"张文祥道："他若自以为是朝廷大员，瞧我们这些私盐贩不起，不愿意和我们结纳，大哥这番心机不是白用了吗?"郑时摇头道："这一层倒可不虑，因为我们平日捉拿了官府，都是置之死地，于今我们不杀他，反殷勤款待他，与他结交，人谁不怕死，岂有不愿意的道理?"张文祥道："世人能心口如一的绝少。我们殷勤待他，他这时为要保全他自己的性命，口里说得很好，尽可对天发誓，与我等结交，将来尽力设法招安我等。一离开了我们，就立时变卦，甚至还记我们擒捉他的仇恨，反力图报复。这片心机不仍是枉费了吗?"

郑时笑道："我也想到了这层。不过我料他绝不至有这种举动，我知道马新贻做官，十分热衷。我有方法能帮助他，使他升迁得快，不愁他不落我的圈套。我既有力量帮助他，使他升迁，就有力量陷害他，使他不安于位。他心里尽管不高兴与我们结交，一落了我们的圈套，便不能由他做主了。好处就在我们是贩私盐的，他为自己的地位、官声起见，断不敢开罪我们。”张文祥道：“大哥是心计素工的人，只要大哥觉得是这么办妥当，就这么办下去。俗话说，求官不着秀才在。我们结交了他，他能如我们的心愿，自是再好没有。就是他转脸不认人，我们也没有吃什么亏。”郑时见张、施二人没有异议，便独自到拘押马新贻的所在，亲手替马新贻解开绳索，引着与张、施二人相见。

马新贻不知郑时是何用意，盛气相向地说道：“你们这班逆贼，打算将本府怎生摆布，要杀只管就杀，休得啰唣。”张文祥听了这几句话，又见了那种骄慢的神气，已忍不住待伸手抽刀。郑时连忙望着张文祥使眼色，纳马新贻上坐了，才从容说道：“我等若有相害之心，也用不着这些啰唣了。你在四川做官的能名，我等早已听得。我等在四川的威望，你大约也有所闻。我三人虽是异姓兄弟，然情逾骨肉。三人一般的性格，生平痛恶贪官污吏、恶霸土豪，所以贪官污吏落到我们手中，简直和有深仇积恨的一样，顷刻不容缓地将他处死。你在四川没有贪污之名，我们兄弟不存心和你作对。无奈你放我们不过，几次派兵向我们穷追痛剿，逼得我们没法，只好努力攻进城来，和你当面说个明白。我等其所以甘触刑章，拼死要做这私盐买卖，全是迫于生计，不能坐待着饿死，就只得铤而走险了。如果有贤明官府，怜悯我等是出于无奈，设法安置我等，我等是情愿效死的。”

马新贻见郑时没有杀害他的心思，他也知道郑时是个豪杰之士，便改换了很和易的脸色，说道：“你既说如有贤明官府设法安置你们，你们便情愿效死，何以官府几次派人到山里招安，你们反把派去的人杀戮呢？”郑时道：“那几次招安，何尝有一次是真意，无非想用招安的名儿，骗我等人入牢笼罢了。我的耳目很多，官府的一举一动，都不能逃我的耳目。并且那几个想骗我们入牢笼的官府，就是我们兄弟所深恶痛绝的贪官污吏，正恨不能吃他的肉，寝他的皮，岂肯受他的招安？我粗知相人之术，看你的相，将来必位极人臣。因此不打算害你，并愿尽我的能力帮助你，使你宦途平坦，一路升迁上去。不过你得应允我一句话。”马新贻问道：“应允你什么话？且说出来，看能不能应允？”郑时道：“你不能应允的，我也不至向你说。就是我先帮助你升迁，你升迁之后，再尽力援引我们。我们非不知自爱的人，到时决不会有使你为难或拖累你的举动。”马新贻道：“你有什么能力，能使我宦途平坦，一路升迁上去呢？”郑时笑道：“这倒是一件易如反掌的事。你应允了我的话，我自然要做给你看。若以后我的话不验，你也不妨将应允我的话勾销。”

马新贻暗想：这话倒爽快，他既能先帮助我升迁，我升迁之后再援引他，于我有益无损的事，如何应允不得呢。当下便答道：“我真能宦途平坦，一路升迁上去，将来一定尽力援引你们出头，决不食言。”郑时道：“就是这么应允，大丈夫一言既出，驷马难追，虽也未尝不可，不过我与你地位悬殊，似乎非经过一种仪式，不足以昭慎重。常言：贵人多忘事。你将来大贵的时候，因与我们有云泥之隔，若存心嫌我们微贱，我们也无可奈何。你是真心打算将来援引我们出头，此刻就应该不存贵贱高下的念头，与我们三兄弟结拜。我们绿林中人最重结拜，一经结拜，便可共生死，永远没有悔改的。你肯和我们结拜，方可显出你的真心。”

马新贻是个做知府的人，哪有真心和盐枭结拜为兄弟呢？不过在初被擒的时候，以为万无生理，已拼着一死，说话才能气壮。此时见有一条生路，便只求能脱身，不肯再向拼死的这条路上走了。明知若不应允郑时的话，使他兄弟恼羞成怒，翻过脸来，就不好说话了，遂不踌躇地答道：“我也知道你们都是些豪杰之士，将来必能为国家建立功业，不是久困风尘的。结拜为兄弟，我很愿意，不过你我此时因地位不同的缘故，结拜的事，除了我们自己而外，无论谁人都不能给他知道。这风声传出去，于我果然不利，你们也讨不了好处。既讨不了好处，又何必多此一举呢?”郑时道：“敬遵台命，我所以亲自来解缚，不许有一个跟随的人在这里，也就是因这事不宜使外人知道。”当下双方说妥了，就点烛焚香，四人对天结拜为兄弟。并照着寻常结盟的例，都对天发了“有福同享、有祸同当”的誓。论年龄，马新贻最大，郑时、张文祥次之，施星标最小。郑时原是做大哥的，此后的大哥，就得让马新贻做了。各人都降了一级称呼。

四人结拜过后，郑时早已安排了丰盛筵席，算是庆祝成功。马新贻在筵席上虽强作欢笑，然时时露出愁眉不展的样子。郑时看了不乐道：“难道大哥心里有不甘愿的地方，碍难说出吗？这事虽由我等强迫做的，然我能断定于大哥有益无损。大哥是有胸襟有气魄的人，料不至因我等出身微贱，便存不屑之心。何以大家正开怀畅饮之际，却时时露出愁苦的样子来呢?”马新贻道：“二弟说尽力量帮助我，必能使我宦途平坦，一路升迁上去，这话我也相信。因为素来闻二弟的名，知道是个足智多谋的人。不过那是以后的事，我所着虑的，就在目前的这个局面，教我不好摆布。我是有守城之责的官儿，于今城被攻破了，我全家被擒，如果我能以身殉城，身后还可以得些荣典。除了身殉以外，败兵失地的处分，总不能免，教我如何能不愁苦呢?”郑时大笑道：“这算得什么，我若没有对付的方法，也不敢说帮助大哥的话了。大哥目前有为难的事，我就不能帮助，以后帮助的话还靠得住吗？大哥只管开怀畅饮。我们今日虽结拜了成为异姓兄弟，然因地位不同的缘故，此后料不定要到何时，方能与大哥再是这么共桌饮食。大约第二次能与大哥共饮，便是我们三个老弟出头的时候了。”

马新贻立时现出了笑容，问道：“二弟有何方法，就说出来让我参详一番。能得周全，我总知道感激。”郑时道：“感激的话，太显得生分了，请大哥以后不但不可再是这么说，并不可想这么存心，只求此后不忘记我们，我们三个兄弟久困泥涂，就受赐已多了。这回的事，极容易对付，大哥不是在几个月以前，曾出了教四乡招募团练的告示了吗？”马新贻笑道：“就是为了你们闹得太凶了，只好是那么办。”郑时道：“有了那道告示就好办，大哥此刻赶紧办一道告急求援的公文，倒填今日黎明未破城的时刻，火速报到省城里去。”

马新贻道：“那倒用不着临时办了，黎明时原有告急求援的公文去了。”郑时道：“那就更简便了。大哥只需带了印信，单身混出城去，将四乡招募的团练，不问老幼强弱，数目能多越好，就由大哥率领了，趁明日绝早赶到城下来，虚张声势地将城围了，只留南门不围。我也率领众兄弟，到城上抵抗一阵，两边不妨打得热闹些，我们做出抵抗不住不敢恋战的神气，率领众兄弟掳了大哥的官眷，从南门败逃下去。大哥一面进城安民，一面仍统率团练追赶，在路上又得虚打一阵，才把官眷夺回来。如此一番做作，照情形夸张一点儿呈报上去，大哥还得受处分吗？”

马新贻喜得立起来笑道：“二弟真不愧足智多谋四字，能照这样做，必不至再受处分，不过委屈了三位老弟。”郑时道：“大家都有妙用在内，也说不到委屈的话。”马新贻遂向三人拱了拱手道：“事不宜迟，我就不再耽搁了。”郑时点头对施星标道：“守城的不知端的，不见得肯容大哥混出城去。大哥快改了装束，四弟亲送到城外再回来吧。”马新贻连忙改装一个粗人，随身带了知府的印信，由施星标护送出城去了。

四乡的团练，原是招募现成的。有一个知府亲身去召集，还怕不容易凑成军吗？绝不费事地就聚集了一千多名高低不一、老幼参差的团兵。马新贻誓师出发，离府城原不过几十里路，半夜动身，不到天明就抵城下，将一座城三方面包围起来，抬枪鸟铳，一齐向城上开放，城上也噼噼啪啪地对打。只吓得这一城的百姓，一个个从睡梦中惊醒，儿啼女哭，夫叫妻号。郑时等依照原定的计划，掳了马新贻眷属，率众弃城从南门逃走。马新贻进城分了一半团练兵，留在城里假做搜捕余匪，其实哪里还有余匪留在城里，给团练兵来搜捕呢，不得不这么做作掩人耳目罢了。亲自带了一半团练兵，追赶出城。追不到几里，就将眷属安全夺回来了。真是齐打得胜鼓，高唱凯歌还。一府城的人民，无不称赞马知府的神勇，并没一人知道其中内幕。官场中照例最会铺陈战绩，已经被盐枭占领了的城池，居然能在一个对时之中，恢复转来，表面上并杀得盐枭大败亏输，狼狈逃遁。在不知道内幕情形的人，自不能不恭维马新贻有胆有略。马新贻有了这番的事功，更得上官信任，官运果然益发亨通了。

屡次升擢，不到一年工夫，就升到了山东藩台，竭力提拔他的人，就是清室中兴的名人曾国藩。曾国藩素知四川盐枭厉害，而他自己也是个得力于团练兵的人，见马新贻能统率团练兵恢复失地，杀败四川最以凶悍善战著称的盐枭，因此十分器重马新贻是个有用之才，存心要提拔他出来，好做自己一个帮手。那时曾国藩的权势，倾动朝野。凡是经他赏识的人，无不功名成就，要算是有清一代中第一个热心培植人才奖掖后进的。马新贻的才干本来不弱，又有这样转祸为福的好机会送给他利用，再加一个大力的存心提拔，竭力保举，有时遇了关于盐枭为难的事，更有郑时在暗中为之划策，宜乎无往不利，一月三迁了。

只是马新贻自规复失地后，不到一年就升到山东藩台。而郑时等一班盐枭，自从假败之后，却交上否运了。就在那日假败出城，等马新贻追来，将眷属交还后，率着七零八落的队伍，打算回山里休息。不提防走了二十多里，忽然迎面冲出来一支兵马，见面就杀将起来。郑时以为反中了马新贻的诡计，气得跺脚，叹道："人心真难测，我这么帮助他成功，他倒存心算计我，预先在这里伏下一支兵马等候我们。"张文祥也气得磨牙裂眦，奋勇当先与官兵对杀。往日张文祥手下的兄弟，与官兵对垒，无不一以当十，所向无前，这回虽是假败，并没损耗军实，兄弟们也非疲乏不堪应战，无如队伍散乱，毫无应战的准备，临时有少数人振作不起来。张文祥独自带了些亲近的兄弟，当先杀了一阵，回头看四面都是官兵旗帜，自己不过一二百人，被困在中央。郑时、施星标都不知被冲到哪里去了，心里着慌二人被官兵擒捉了去，料知久战必难幸免，只得率了这一二百名兄弟，又奋勇杀出重围。看前面也有一大堆兵马，好像是围困了自家兄弟在内。张文祥高声对手下一二百名兄弟说道："我大哥、三弟，量必被困围在那一团兵马之内，你们情愿帮我去救的，请随我来，我今日不要命了。"众兄弟听了，轰雷也似的应一声道："我也不要命了。"亏了这一鼓勇气，如冲发了一二百只猛虎，齐发一声吼，大地震动，张文祥左手挽藤牌，右手握单刀，只见就地一滚，赛过一团黑烟，马撞着马倒，人撞着人翻。众兄弟紧跟在后，转眼就杀进了重围。郑时正被困得无可奈何，张文祥若再迟一刻儿赶到，他和施星标二人不落到官兵手里，便是自刎而死了。官兵见张文祥这部分如此骁勇，不由得胆都寒了。张文祥所到之处，纷纷后退，让开一条道路，给众人逃去，也不敢追赶。张文祥等事后调查，才知道这一支人马，并不是马新贻预先埋伏的。原来是因省里接了马新贻告急求援的公文，星夜派兵来救援的。盐枭的旗帜装束，都与官兵不同，远远的一见便能认识。郑时等不提防有官兵来，官兵是来救援的，却料知近城处必有盐枭，所以见面便动手杀起来，好像是预先埋伏了的一样。

这次郑时三兄弟虽不曾受伤，然手下的兄弟死伤不少。他们自当盐枭以来，从没有是这么大败过。行军打仗，全赖一股锐气。这锐气一挫，就有善战的好主将，也不能带着没锐气的兵应战。郑时因在暗中帮助马新贻的缘故，对于别部分盐枭，平时可以援助的地方，总是量力援助，既和马新贻有了关系，就不便再助盐枭了。因此，部分盐枭，对郑时等多怀怨望，也都不肯出力来相助了。从来官兵剿匪，失败则悄悄无声，略得胜利，就雷厉风行地想斩尽杀绝。省城派来救援的官兵，无意中打了个大胜仗，官兵与郑时这部分盐枭相打，要算是第一次得胜，哪里舍得就这么轻放过去。接着又加派了一标人马，跟踪追剿。任凭郑时足智多谋，张文祥骁勇善战，盐枭都是乌合之众，从来胜则奋勇争先，败则如鸟兽散，纪律两个字是说不上的，三兄弟每人手下所存留的，只二三十个人了，尚且被官兵追赶得无处立足。郑时只得率着败残的兄弟，逃进一座深山，向张、施二人提议道："我想不到假败弄成了真败，以致热烘烘的基业，没一年就溃败到这步田地，这虽是因我的计谋不得当，然也有天意。我们此刻想再恢复以前的基业，等马大哥招安，是办不到的事了。我想马大哥于今在山东，名位已是不小了，若有心照顾我们，并非难事。我打算教施四弟先去山东找马大哥，我再详细写一封信给他。看他对待施四弟的情形如何，我两人再作计较，不知两位老弟的意思怎样?"不知二人怎生回答？且待下回再说。

第六回

谋出路施四走山东
离老巢郑时来湖北

话说张文祥听了郑时的话，踌躇了一会儿，说道："现在也只好如此。我与二哥的声名，闹得太大了。我总觉得马大哥是做官的人，不见得可靠。四弟为人诚实，没有多大的才能，不招人忌刻。他先去试探一番最好，四弟到山东见了马大哥之后，看对待的情形如何，写一封详细的信来。他肯拿四弟当自己人看待，我和二哥便不妨前去。若他搭起官架子来，竟不认四弟为把兄弟，或十分冷淡，我们就只好别寻门路了。"郑时道："他如果竟不认四弟为把兄弟，我们自然用不着再去，就是四弟也赶快离开山东为好。不过我们去投奔他，也得替他原谅原谅，他是个热衷做官的人，万一将和我们拜把的事，走漏了消息在外面，说不定立时就有杀身之祸。我们求他帮助，总以不至连累他为主。四弟到了那边，须先买通门房，将我的信递上去，看他如何吩咐下来。在官场不比在山里，任情率性的举动，一点也来不得，凡事总以忍耐谨慎为好。他就有十二分的心思想提拔我们，帮助我们，但限于地位，恪于形势，有许多不能在表面上露出来。不能因他外面十分冷淡，就赌气不在那边了。"

施星标道："我只要他肯认我是他的把兄弟，随便他如何对我不好，我朝着他是大哥的名分上看，决不至和他赌气。不过我们三兄弟，一晌在一块儿干这营生，我的声名，虽不及二、三哥那么大，然也多久就已悬了赏格捉拿的。我从这里动身到山东去，在路上就难保没有人点眼药。不过我动身时不给人知道，在路上不停留耽搁，并将姓名改变了，或者不至闹出意外的事情。唯有到了山东之后，将二哥的信投上去，倘马大哥竟抹杀天良，硬抓了我就地正法，我不是自投罗网，白送了性命吗?”张文祥道：“这一层倒也是可虑的，二哥以为怎么样?”郑时偏着头想了一想道：“我料他断不敢这么做，也不值得这样做。想得赏得功的，是差役和候补小老爷。他已做到了藩台，何至有这些举动。并且他在四川做了多年的府县官，早闻了我两人的声名。也应该知道不是好惹的。杀了四弟，于他自己丝毫没有益处，而留得我两人在世，他从此就休想高枕而卧，他是个精明能干的人，何至做这种于自己有害无益的事，四弟尽管放心前去，若他真个被糊涂油蒙了心，杀了四弟，我两人不出头替四弟报仇，剜了他的心祭四弟，我两人便不是人了。”施星标是极信仰郑时的，郑时教他去做什么事，哪怕赴汤蹈火，也不推辞。三人当时商议妥当，施星标拾掇了随身包裹，带了郑时写给马新贻的信，即日动身向山东前进。

在路上免不了旧小说书上所说“晓行夜宿”“饥餐渴饮”的两句套话。一路不停留地，安然到了山东。也不落客栈，驮着包袱，径跑进藩台衙门，冲着门房里人说道：“我是马大人家乡来的，这里有一封信，请你就替我送上去，我在这里等回信。”施星标那般粗莽的人，加以身上是行装打扮，藩台衙门里的门房，眼眶何等高大，哪里把施星标看在眼里。以为不过是讨了一封有点儿来头的信，到这里求差事的，连睬也懒得睬一眼。反抬起头，跷起腿，向旁边的人说话。施星标在四川当盐枭的时候，手下也是一呼百诺，哪里受过这么冷落，依得在山里时的性格，已要动手打人了，只是心里一想郑时吩咐凡事忍耐谨慎的话，火性就按捺下去了，勉强赔着笑脸，对门房说道：“这封信请你替我送进去，我有要紧的事须等回信呢。”门房听了仍是不睬，只鼻孔里冷笑了一声，继续向旁边的人说道：“也不知是哪里来的野瘟神，没名没姓的，究竟是向谁说话啊。”旁边的人瞟了施星标一眼，顿时满脸现出鄙视的神气，也是鼻孔里冷笑了一声，脸又掉了过去。

施星标看了这情形，忽然想起郑时吩咐买通门房的话来了，暗自思量道：“原来官场的门房，都是要有钱给他，他才肯替人传报。我忘记了郑二哥吩咐的话，没拿钱给他，怪不得他使出这般嘴脸来给我看，这是我自己不好，不能怨他。”施星标心里这么想着，即从包袱里取出准备送给门房的一包散碎银子，约莫有二十来两，双手连那封给马新贻的书信，捧到这神气活现的人面前，赔笑说道：“我是个乡下人，初次到衙门里来，不知道礼节，这一点儿小意思，都忘记拿出来，对不住，对不住，请你自己去喝一杯酒。”门房听了这几句话，倒觉得中听，随即掉过脸来，先向施星标手中望了一望，似乎还有点儿嫌弃轻微的神气，不肯就放出笑脸来。及伸手接过去，在掌心中略掂了一掂，知道分量不轻，竟不像是乡下人的出手，不由得喜出望外，连忙立起身对施星标笑道：“何必如此破费，请在这里坐一会儿，这信我立刻亲自送上去，有没有回信，等我下来就知道了。”施星标暗喜亏得郑二哥有见识，若没有这点子准备，我这一趟简直是白辛苦了。施星标在门房里坐等了一刻工夫，这送信进去的门房已满面笑容地走了出来，对施星标招手道：“大人传你上去，随我来吧。”施星标抖去了身上灰尘，一手提了包袱，跟着门房穿厅过厦，直走到上房内客厅里。门房招呼施星标坐了，自去通报。

不一会儿，马新贻就走了出来。施星标见面几乎不认识了，因为初次见马新贻的时候，马新贻正在缧绁之中，满脸憔悴忧煎之气。别后马新贻官运亨通，官途得意，居移气，养移体，此时的马新贻已养成一个大胖子了，气度也与从前迥然不同。施星标哪敢怠慢，忙起身趋前请安。马新贻伸手拉起来，笑道：“老弟辛苦了，自家人不用多礼，坐下来好谈话。”施星标诺诺连声地斜签着半边屁股坐了。马新贻挨身坐下来，说道：“老二的信，我已见过了。那种局面，本来不是可以长久的。你于今打算在这里弄点儿差事干干呢？还是由我荐到别处去呢？”施星标道：“情愿在这里伺候大哥，承大哥栽培，就教我去死，我也不含糊。”马新贻紧蹙着两道浓眉，说道：“依我的意思，还是由我写一封信，荐到别处去的好，包你得着一个好捞钱的差缺。”施星标道：“我从四川动身，就存心是来伺候大哥的，郑二哥也吩咐我须小心伺候大哥。只要大哥肯拿眼角照顾我一下，我便终身感激不尽，并不曾动捞钱的念头。”马新贻道：“我知道你是个实心人，也未尝不想留你在眼前，做个贴身的人。不过其中有些不便之处，不说大家不好，说了又对不起你。”施星标道：“大哥何必这么客气。我将要动身到这里来的时候，郑二哥已说过了，我到这里来，大哥必有许多为难的地方，教我忍耐谨慎。大哥有什么说，尽管吩咐，我决不敢违拗。”马新贻笑道：“倒是老二有些见识，他既经对你说过，知道我有为难的地方，我为顾全你们，便不和你客气。你我虽是当天结拜的兄弟，但这一切事故，在当日已有约在先，只有我四人各自心里知道，无论对何人不能透露，因此称呼上须大家留意。你的姓不能改，名字却不能再用‘星标’两个字。你排行第四，我此后只能叫你‘施四’。你须记着，万不可失口呼我大哥。暂时还没有相安的事给你干，且在衙门里住着，等到有机会就安插你。我的事情忙，恐怕没有工夫和你谈话。你得原谅我。”

施星标连声应是，从此就住在藩台衙里。没住到几个月，山东巡抚出缺，马新贻便迁了巡抚。教施星标当了一名巡捕。施星标也不懂得巡捕的官阶大小，以为巡抚是一品封疆大臣，巡捕的官衔，照字面上看，相差并不甚远，必不十分卑小，兴高采烈地当着巡捕。同事的人因施四不肯说出自己的出身履历并和马新贻的关系，都疑心他是马新贻的亲戚，说出来恐怕辱没了马新贻，所以不肯直说，却没人疑心有那种不能告人的事实在内。

施星标几番想寄信给郑时和张文祥两人，无如从山东到四川的道路太远，托人带信本不容易，而施星标自己不能写字，他们的秘密关系，又不能给外人知道，不敢请人代写。因有这两种缘因，施星标来山东一年多了，还不曾有一个信给郑、张二人。

郑、张二人在四川的势力，一日薄弱似一日，盼望施星标在山东的消息，简直望眼欲穿。等了七八个月，还杳无音信。郑时只得主张将手下亲信的兄弟，每人给了些生活银两遣散。张文祥并无家人妻室，郑时的发妻早已死了，因年来不得一时安居，便懒得续娶，二人都是孑然一身。手下的人既经遣散，就不能在四川逗留了。二人假装做生意的人，带了盘缠行李，打算在东南各省闲游几处名胜，顺便探听施星标在山东的情形。若还得意，就到山东去走一遭。在重庆包雇了一条船，一路顺流而下，遇着可以流连游览的所在，便将船停泊，游览些时又走。他两人在四川的声名，虽闹得很大，然一则因认识二人面孔的人还少，二则因他们当盐枭时的举动，从没有结怨于人民的，地方人民不存心与他们为难。官场缉捕的力量是有限的，并且二人既改了姓名，又不在一处地方停留多日，所以能平安无事地到了湖北。

他们到湖北的这日，正是七月初七。这夜天高月朗，微风不动，汉水波平，映着半轮缺月，光明如镜。船泊黄鹤楼下，楼影也倒印在镜光之中。郑时欣然对张文祥说道：“我等半生劳碌，未尝得一日清闲。像这般清幽的景致，哪里是劳碌人所能领略得到的。我们于今可算得天牖其衷，回头是岸，才有这种景物，给我们在安闲中享受。若糊涂错过了，实太可惜，我们何不趁这月色正好的时候，到黄鹤楼上去游览一番?”张文祥道：“既是二哥有这般清兴，我陪二哥去便了。”郑时一团的高兴，与张文祥携手上岸，抖擞精神，走到黄鹤楼上。凭栏俯首，只见江流如带，夹岸武汉三镇万家灯火，隐约如烟雾迷离中，几条秋叶一般的渔船，往来荡破一平如镜的水光，下网的声音，都仿佛送到耳边来了。二人不觉心旷神怡，相视而笑。

正在这尘襟涤尽、荣辱皆忘的时候，忽闻长笛之声，悠扬清远。张文祥听了，笑道："我记得小时候读过'黄鹤楼中吹玉笛，江城五月落梅花'的诗。难道这黄鹤楼中，真是时常有人吹笛子吗?"郑时笑道："哪有这回事，你听这笛子是在黄鹤楼中吹吗？远得很呢，说不定离这里还有几里路。"张文祥侧耳听着，说道："好像是两支笛子同吹。二哥也是会乐器的，听这笛子吹得好吗?"郑时一面用手在栏杆上拍板，一面答道："吹得很好，只是听这音调凄凉抑郁，估量必是两个有心事的女子，在那里吹弄。"张文祥问道："听吹出来的音调，就分得出男女吗?"郑时道："这如何听不出，不但分得出男女，其人的老少美恶，以及性情行动，都能于所奏的音乐中求之。不仅这笛子可以听得出，在一切乐器的音调中皆能听出。"张文祥笑道："然则二哥听这两个吹笛子的女子，其年龄容貌，以及性情行动如何呢?"郑时道："我既说是两个有心事的女子，可知年纪不大，至多不过二十多岁，容貌绝不丑陋。并可知道她两人的乐器，是由高明的师傅传授的。"张文祥问道："不是娼妓在那里陪客侑酒吗?"郑时摇头道："不是，不是，世间恐怕没有这么文雅的娼妓，就有也是由宦家小姐沦落入烟花的。"张文祥道："细听这声音，好像是从江边发出来的。我们何不顺便去探寻一番，看二哥所料的究竟是也不是?"郑时点头道："也使得，我本来要回船去了。"二人仍携手走下黄鹤楼。听笛声觉得一步近似一步，直走到泊船的所在，用不着探寻，原来笛声就是邻船上发出来的。

二人回到自己船上，看邻船的窗门都已敞开，看见舱里堆积了许多箱箧，箱上都贴着封条，却看不出封条上写了些什么字。舱上首安放了一张床，床上枕席皆异常精洁。床前一张小几，一个年约二十岁的女郎，盘膝坐在几旁的一张湘妃竹榻上，一支笛子握在手中，已停口不吹了，侧转脸向坐在床沿上一个年龄稍大些儿的女郎说话。几上也有一支同样的笛子，是坐在床沿上的女郎放下来的。两女郎脸上都没脂粉的痕迹，而修眉美目，皓齿朱唇，天然绝丽。因两船紧靠着船舷停泊，郑、张二人所立之处，相离那床不过一丈远近，女郎说话的声音虽低，没有关闭窗门的缘故，也能听得分明。只听得坐在床沿上的女郎悠然叹着气，说道："去依靠人家的事，总是为难的。此去也只好听天由命罢，就是林家不能相容，也不见得便是不了之事，到那时再作计较。"即听得坐在湘妃榻上的女郎说道："我想姨母姨父绝不至存心歧视我们。我们此去，虽说是不得已，去依靠他俩老人家，但是银钱上并不沾他家的光。父亲在绵州的时候，我的年纪虽小，还记得姨父姨母带着海哥到那衙门里住了一年半，临行还向父亲借了三千两银子。那三千两银子借去以后，听说姨父很得了几个阔差事，却不曾听说归还那银子的话。无论那银子还了没有，姨父曾向我家借银子的事，总是确实有的。我们于今并不图沾他家的光，只图他两个年老的至亲，照应照应，若还不能相容，就未免太不念我父母的旧情了。"床沿上的女郎正色说道："妹妹快不要将这些事搁在心里，到林家之后，万一不留神说到这些事上面去了，传到姨父姨母耳里，定要背地责备我们不懂事。我们不应该管。"女郎说到这里，偶然回过头来，好像已觉得邻船上有人偷看的神气。当即立起身来，顺手将这边的窗门关了。窗门一经关上，说话的声音便听不明晰了。郑、张二人只得缩身进舱。不知郑、张二人和这两个女郎要不要发生什么关系？且待下回再说。

第七回

识芳踪水滨闻絮语
传盗警炖下睹娇姿

话说郑、张二人缩身进舱以后，张文祥说道：“二哥的本领真不差，估量的和目睹的一样。她说她姨父姨母在衙门里住了一年半，又借去了三千两银子，可知她两人确是官家小姐。”郑时仿佛思索什么，似乎不曾听得张文祥说话，坐下来半晌没有回答。张文祥笑道：“二哥便着了魔吗?”郑时摇头道：“哪里的话，你可知道她两人是谁吗?”张文祥道：“我又不曾去打听，刚偷看了一面，如何得知道她们是谁?”郑时笑道：“你自粗心不理会，她已说出来了，怎的还用得着去打听。老实对你讲吧，若认真说起来，我们还是她们的大仇人呢。你这下子可想得起来吗?”张文祥望着郑时出神道：“从来没有见过面，仇从哪里来，我简直想不起来。”

郑时道：“她说她父亲在绵州时候的话，你没留神听吗?”张文祥忙接口说道：“我没听仔细，只道她说的是在绵州的时候。然则二哥料她姊妹就是那个做绵州知州的柳扒皮的女儿吗?”郑时道：“不就是他的女儿，是谁的女儿呢?”张文祥道：“何以见得便是的?”郑时道：“我料的绝无差错。因为我知道柳扒皮是南京人，和福建人林郁是同年，又同是福建藩台福保的女婿。两连襟都仗曹福保的奥援，林郁在江苏也做了好几任的县官。他刚才所说的海哥，就是林郁在海门厅任上生的。林郁做官与柳扒皮一般的贪婪残酷，因官声太恶劣了，被上司参革，耗了多少昧心钱才得脱身。丢官后就带了妻子到绵州，在柳扒皮衙门里住了一年多的事，我早已知道。借三千两银子的话，外边人自不得而知。”

“柳扒皮是一个极贪酷的小人，其所以一般百姓送他这个扒皮的绰号，就因他有三件扒皮的事。第一件是，有一次拿着一个著名女赌痞，他坐堂问了几句，就向左右的衙役喝道：‘把她的裤子扒下来打屁股。’从来没有抓着女人打屁股的事，衙役迟疑不敢动手。他更发怒喝道：‘裤子不能扒吗？本县还要扒她的皮呢。’第二件是，因他打人的小板，两面都有许多半寸长的小尖钉子，打在人身上血肉横飞，不到几十板，就得扒去一层皮肉。第三件，就为他专会扒地皮，他做金堂县官的时候，有人就他的名字做成一副骂他的对联，乘黑夜贴在他县衙的大门上，他看了几乎气死。他名字叫儒卿。那对联道：“本非正人，装作雷公模形，却少三分面目。惯开私卯，会打银子主意，绝无一点良心。上联切儒字，下联切卿字。他自从看了那副对联之后，自知官声太坏，贪赃枉法的事，稍为敛迹了些，只是益发鄙吝了。看得一钱如命，不知他怎的肯拿出三千两银子来借给林郁的。柳儒卿为人虽贪鄙不堪，书却读得很好，并会种种乐器。文庙里习乐所的各种古乐，他都能教人练习。所以他这两个女儿的笛子吹得这么好。”

张文祥笑道：“既是柳儒卿的女儿，论起冤仇来，与二哥真是不共戴天的了。我记得那次打进绵州的时候，柳儒卿单身逃出衙门，劈面遇着二哥，因二哥认识他的面貌，才喝一声拿住。柳儒卿顿时吓得跪下来，二哥骂他胆小无耻，就将他杀了。那时若遇我或四弟，当面不认识他，必放他走了。”郑时也笑道：“也是他恶贯满盈，才遇着我。我没杀他全家，就是十分宽厚了。林郁此刻在什么地方，不得而知。因此她姊妹现在将去何处，也不得知道。我们的船，总以不和她们的船在一块儿走为好。她姊妹虽不认识你我，然她们乘坐的也是川帮里的船只，驾船的多是四川人，万一弄出意外的枝节来，后悔就来不及了。”张文祥道：“二哥所虑不错，我们总以小心谨慎为好。明早不待天明，无论风色怎样，吩咐船户开船便了。”这夜二人安歇了。次日东方才白，船就开离了黄鹤楼。

好色的这个关头，任是英雄，也难打破。郑时为人对于一切的事，都极精明能干，唯一遇美色的妇女，心里就爱慕得有些糊里糊涂了。他明知邻船那两个女郎，是与自己有不共戴天之仇的，但是开船以后，总觉得两女郎太娇美可爱，心心念念地放不下来，仿佛害相思的样子。张文祥知道郑时从来是这般性格，故意打趣他道：“想不到柳儒卿那般贪鄙无耻的人，倒有这样两个如花似玉的女儿，可惜二哥当时料不到有这回的遇合，若当时饶了柳儒卿的性命，今日岂不好设法将他的女儿配给二哥做继室吗?”郑时听了，并不觉得张文祥这话是有意打趣他的。一面沉吟着答道：“我仔细思索了，似觉与绵州的事不相干。”张文祥吃惊问道：“怎么与绵州的事不相干？难道不是柳儒卿的女儿吗?”郑时道：“不是这般说，我所谓与绵州事不相干，是因事已相隔七八年了，她姊妹那时年纪小，未必知道她自己父亲是死在何人手里。即算能知道，也不认识你我的面孔。我们只要把名字改了，女子们有多大的见识，怕不容易对付吗?”张文祥笑道：“然则我们用不着回避吗？那么，仍旧把船开回黄鹤楼下去好不好?”郑时看了张文祥说话的神气，才知道是有意打趣的，便不高兴回答。

船行到第三日下午，忽然刮起大风来。同行的船，已有一般重载的被风打沉了。各船上的人看了都害怕起来，只得急抢到背风的汊港里停泊。汊港小了，停泊不了许多船只。后来的船，就只得靠近浅水滩，使船底搁住不能转动，以免被风刮到江心里去。郑、张二人所坐的这船，也是打不着汊港，就沙滩上抛了锚。所靠的这处沙滩上，一望无涯的，尽是七八尺深的芦茅，被狂风吹得一起一伏。七月初间天气的芦茅，尚不曾完全枯槁白头，青绿黄白相间，起伏不定的时候，就和大海中的波涛一样。

郑时与张文祥同立在船头上看了，笑道："这般景物，也是我们在四川所领略不到的。"张文祥道："四川若有这种所在，我们的船敢停泊吗？只怕连船底板都要被人抢去呢。"郑时道："这也是现在乱世才如此。在太平盛世，没有失业的人，尽管有这般好藏匿的所在，有谁愿意去干那些犯法的勾当。于今的四川，固是遍地荆棘，就是这长江一带，也未必真安靖，不过没有大帮口，略敛迹些儿罢了。论起地形来，四川就因山岭多，好藏匿，能容留大伙的人，才弄出到处荆棘的局面。像这种所在，不过好藏匿一时，使追捕的找不着途径罢了，哪里赶得上四川的层峦叠峰。"张文祥道："怪道只我们这一只船，靠在这芦茅边上，大概那些装运了货物的船，也是防这类地方不妥当，所以都挤到那边汊港里去了。"郑时笑道："那却不见得是这般用意，只要能挤进那边汊港里停泊，风浪确是小些。此时天色还早，上流头的船，就要找一处像我们这样的地方抛锚，也找不着，再过一会儿你瞧吧，一定还有船在我们这一带停泊的。"二人在船头上谈论了一会儿，回到舱里没一刻工夫，忽听得江边有船篙落水的声音。郑时笑向张文祥道："何如呢，不是有船来我们这一带停泊吗？"张文祥随手推开窗门向外面看时，果见有两条一大一小的船，撑过滩边来停泊，即回头对郑时说道："这两条船吃水都很浅，可见得也是和我们的一样，没载多少货物，所以也敢停泊在这里。"郑时随口应了一句，也懒得起身探看。行船的人，照例不待起更就安睡了。

郑时这夜在睡梦中，猛被邻船上"哎哟"一声惊醒了。醒来便觉得船身有些荡动，接着又听得有人扑通落水的声音。郑时惊得翻身坐起来叫三弟，连叫了几声，不见张文祥答应。忙伸手向张文祥睡的地方一摸，已不知在何时起去了。再听邻船上似乎有人在那里格斗。心想：难道真个有强盗前来打劫吗？郑时虽是一个文人，然在四川当盐枭时，常有亲率党徒与官兵对抗的事，寻常两三个蛮汉，也不是他的对手，胆力更是极大。这时听到外面的声息，料知必是张文祥已与来打劫的强盗动手，当下并不害怕。因身边不曾准备兵器，立起身顺手摸了一条压舱板的木杠。看朝船头的舱门已经开了，即窜身出外。此时约大风已息，天上星月之光，照见邻船上约有七八个汉子，各人都操着雪亮的单刀，围住一个人厮杀。这人正是张文祥，赤手空拳地腾挪躲闪。一霎眼就见一个汉子被张文祥踢下河去了。郑时逆料这些蛮汉，便再增加七八十个，也不是张文祥的对手。只是眼见着七八个手操兵刃的，围攻自己赤手空拳的兄弟，不由得愤怒起来，手起杠落，劈在一个汉子后脑上。那汉子不提防背后有人暗算，也被打落下水。

正待赶过去打第二个，只听得张文祥喊道："这里用不着二哥帮助，二哥快进舱里去救人吧。"郑时也是老在行的人，知道弯腰窜进不知虚实的船舱，容易受人暗算。听了张文祥的话，先提脚将窗门踢破了两扇，就月光向舱里窥探时，只见两个赤条条的女子，仰面躺在一张床上，好像是被绳索捆缚了的。舱中箱箧器具，横七竖八地乱堆着。郑时一看舱中情形，心里就忍不住一跳，暗想：这不就是柳儒卿的小姐吗？顿时勇气更鼓动起来了，将手中木杠一掼，就从窗门窜身进去，口向床上的女子喊道："不要害怕，我是邻船上救你们的。"旋说旋上前动手解缚。见两女子都不开口，知道是口里塞了东西，先将两人口中的东西掏了出来，然后解开了身上的绳索。郑时眼快，已看见床头有一堆衣服，即抓了撂在两人身边，只羞得两人恨无地缝可入。郑时也觉得在旁看了难为情，反身跳出来，打算帮着张文祥将强盗打走，但是众强盗已一半打落了水，一半驾着靠在旁边的一只小船逃了。张文祥道："饶了这伙毛贼吧。只要人没吃亏，东西没被抢去，便是万幸了。"郑时还没回答，两女郎都已穿好了衣服出舱来，低头向张、郑二人叩拜道："今夜若不蒙两位义士搭救，我姊妹身死不足，还得受这班狗强盗的污辱。两位义士实是我姐妹的救命恩人，不敢避嫌，请两位进舱里就座。"郑、张二人不便伸手去扶掖，只得在船头答拜道："同是出门人，急难相救，只要力量做得到，是应该做的，快不要说什么救命恩人，承当不起。”郑时首先进舱。听得后舱里有人的哼声，刚待问哪个，年大些儿的女郎已跟进舱，说道：“哦，我的丫鬟春喜和老妈子在后舱里睡着，只怕也被捆绑了。”郑时道：“船户一个也不见出来，大概都被绑在后面。”这时郑、张所乘船的船户，因这边打闹得厉害，也惊醒起来，到这边船上帮着松了船户、水手的缚。

大家混乱了一阵，两女郎才请郑、张二人在舱中坐定，请问姓名去处。郑时将自己和张文祥的名字都改了。因郑、张二姓极平常，用不着更改。也故意回问两女，才知道大些儿的叫柳无非，小些儿的叫柳无仪。因林郁住在南京，特地到南京去，想依附她姨父母居住。柳无非又说：“这条强盗船在湖北就跟着开行，一路时前时后，开也同开，泊也同泊，并不断地有人向这边舱里窥探，我已疑心不是正当人。特地叫船户进来吩咐，夜间须择妥当地方停泊。想不到今日忽然刮起大风来，我姊妹害怕得什么似的，叫船户趁早停泊。无奈一路下来，简直找不着可以停泊的所在，直走到这里，船户见两位坐的船在这里，就进船来向我说：‘这边已有一条四川的船，靠芦茅滩停泊了，我们的船只好停泊在一块，比单独抛锚的好多了。’我那时见天色已近黄昏了，若再不停泊，恐往下更找不着好地方，即是有同乡的船在这里，仿佛多有一个伴侣似的，遂叫船户开了过来，及至锚已抛了，才看见那小船也跟了过来，紧靠我们的船泊来。我姊妹虽是害怕极了，但也无法逃避。入夜便紧紧地关闭舱门安睡，连高声说话也不敢。及至从梦中惊觉时，身体已被强盗按住，一张口要喊，那堵口的东西已塞进来了，只得拼命挣扎，船身摇荡得几乎倾覆了，强盗刚将我姊妹捆绑了，待施无礼，陡听得舱口有人喝了一声：‘狗强盗，快出来送死。’接着就好像有一个站在舱口边的强盗，被人抓了出去，扑通掼到一丈远近的江心里去了。舱里的强盗才一拥出外，在船头上厮杀起来……”

郑时听到这里，截住话头向张文祥问道：“三弟，同睡得好好的，怎么知道那船上闹劫案，也不招呼我一声，就悄悄地出来动手呢?”张文祥笑道：“那小船跟着抛锚的时候，我在窗门里看见，有四个彪形大汉在船面上撑篙，篙尖落水的声音，分外沉重。我在江河里混的时候多，知道老当篙师的人，篙尖落水没有声响，偶然有之，也只在水面上飘一下，不至有深沉的响声。即此可知那四个撑篙的人，都是外行。再看船舱里，还有两个汉子伸头向外边张望，并时时回头对舱里说话，可见得舱里还不止两个人。那船既吃水很浅，可知没装货物。若说是专装客的吧，搭船的客，不应都是三四十岁的壮健汉子。并且也没有搭客大家帮着撑篙的道理，这船就很可疑了。再看这条大船，是我们川河里的，虽是舱门紧闭着，看不见船里的情形，逆料必是有阔人在内。既是我川河里的船，又靠着我的船停泊，如果夜间有什么动静，我是不能袖手旁观的。我虽存心如此，不过我料得究竟对与不对，不敢决定。若拿出来和二哥商议，料得是便好，万一看走了眼，二哥不要责备我遇事张皇吗？我外面和二哥同时安睡，实在因有这事搁在心中，哪里睡得着。当强盗跳过这船上来的时候，踏得这船身一歪，荡得我们的船身都动了，我就知道所料的验了。我船上的舱门，早准备了是虚掩着的，从容起来，结束好了，才轻轻地走过这船上来。强盗人多手快，已有几个扛着皮箱在肩上，待搬过他们自己船上去，不提防我堵住舱门一喝，大约也猜不透外面有多少来拿他们的人，只惊得各人都将皮箱放下，想冲门而出。第一个冲出来，被我顺手揪住胳膊只一拖，拖得他‘哎哟’一声。我恐怕船上人多了，缠脚碍手的不好施展，就提起那强盗向江心抛去。”郑时道：“我就亏了那一声‘哎哟’把我惊醒了。若不然，只怕直到此刻还在酣睡呢。”

郑、张二人在舱里坐谈了一会儿。张文祥起身作辞道：“那些小毛贼受了这次大创，估计他们逃得了性命，也寒了胆不敢再来了。此后尽可安心，一帆风顺到南京，想不至再有意外，此时才到半夜，还可以安睡些时。”说罢，提步要走。柳无非连忙起身，说道：“我想求两位再坐一坐。承两位救了我姊妹的性命财物，还要耽搁两位的安眠，我也自知原是不近情理的事，本来说不出口。不过我姊妹险些儿被强盗污辱身体，蒙两位救了，此恩不比寻常，我姊妹何敢以外人待两位。我们从重庆动身到此地，在船上已有两个多月了，虽是素来胆怯，没有像此刻这么害怕的，千万求两位在此多坐一会儿，我还有话说。”张文祥听了不作声，望着郑时。不知郑时怎生摆布？且等下回再说。

第八回

盟弟兄同日缔良缘
四呆子信口谈官格

话说郑时见了柳无非说话时那种娇怯可怜的样子，不但心里软了，连带浑身的骨头骨节都软洋洋的了，当即对张文祥说道：“女子的胆量，本来多比男子小，何况是宦家平日不出闺门的小姐，又才经过这般大惊吓。就是平常的男子，也要吓得胆破魂飞，手足无措。能像柳小姐这样不慌不乱，便很不容易了。我等救人救彻，就多坐一会儿吧，行船不愁没有睡觉的时候。”张文祥知道郑时平日对于女色之迷恋，此时心里虽觉得柳家姊妹万分迷恋不得，然口里不便违背郑时的意思，说出定要过去安睡的话来。只得依旧坐下，听郑时与柳无非互相谈论身家遭际。

柳无非道：“我姊妹都是在四川生长的。先父在四川做了十几年州县官，两位居住四川的时候多，大约已闻先父的名。”郑时装作不知道地说道：“我们是做生意的人，平日于官场中人不甚留意，不知尊大人上下是哪两个大字？”柳无非瞟了郑时一眼，说道：“先父讳灼，字儒卿，丙辰年在绵州殉难的。”郑时故作惊异的样子，说道：“我们在外省的时候多，竟不知道家乡地方的绵州，曾闹过什么乱子？”说时，捏着指头。口里念着丙辰、丁巳地轮算了几下，说道：“怪道我不知道，我从甲寅年出四川，在新疆、甘肃一带盘桓，直到前年才回四川去。因我的行踪无定，家乡的消息，很不容易传到我跟前来，究竟丙辰年绵州曾出了什么乱子？”柳无非黯然说道：“并不曾闹旁的大乱子。就是近年来在四川闹得最凶的枭匪，乘先父没有防备，陡然攻进了绵州城。先父逃已来不及，在衙门口遇着匪首，认识先父的面貌，先父遂被难。”

郑时问道：“四川的枭匪首的姓名还记得吗？”柳无非点头道：“匪首的姓名，自然记得。但是那枭匪是四川最凶悍有名的，谁也奈何他们不了。我又没有兄弟，这仇恨是永远没有报复的时候了。”郑时仍作不知道地问道：“在四川最凶悍有名的枭匪，不是小辫子刘荣吗？”柳无非摇头道：“不是姓刘的，是姓张的，叫作张文祥，于今还在四川。官兵闻他的名就害怕，多不敢与他对垒。”张文祥坐在旁边听了，心里止不住怦怦跳动，看郑时行若无事的神气问道：“尊大人就是张文祥所害吗？”柳无非道：“那倒不是。听说动手杀我先父的，是张文祥手下一个小匪，先父殉难之后，先母因哀伤过度，不到三年也弃养了，丢下我姊妹两个。亲房叔伯人等虽有，只是不但得不着他们的照应，并欺负我姊妹年幼无知。用种种盘剥计算，侵占吞蚀，无所不至。幸亏当日随侍先父母在各州县任上的时候，我姊妹都曾略读书史，处理家政，不至茫无头绪，才能将先父母遗留的财物，略略保存些儿。不过自先母弃养后，我姊妹家居便没有相关切的家长，究竟诸事都嫌不便，我有姨父姨母住在南京，我只得带了舍妹到南京去，打算相依姨父母度日。以为由水路直到金陵，是可望一帆风顺平安无事的，不料在半路上会有今夜这种险事发出来。若没有两位拔刀相救，我姊妹受祸真是不堪设想。”

郑时谦逊了两句，将自己和张文祥的身家履历，随口编造了许多好听的说了。二人既更改了名字，郑、张又是寻常多有的姓氏，柳无非听了，当然不至疑心二人就是她自己不共戴天的大仇敌，只道郑时所说的身家履历是真实不虚的。郑时说，自己也是大家公子出身，因读书进学之后，无意科名，又生性喜欢游览。就借着经商、好游览天下名山大川。柳无非听了，就笑道：“这就对了，我刚才听先生说是做生意的人，平日于官场中人不甚留意的话，心里正在疑惑，怎么做生意的人，有先生这般气宇，这般吐属？原来是厌恶科名，借着经商好到处游览的。”郑时的学问，本来很渊博，此时更有意夸示才华。柳无非姊妹都能略通文墨，两下接谈之后，不由得柳无非不五体投地地佩服。

柳无非姊妹虽是生长官宦之家，知书识字，然因柳儒卿死得太早，失去了拘管的人，种种淫词艳曲的书，遇着便废寝忘食地不肯释手。她母亲不识字，以为女儿能发奋读书，是不会有差错的。已成年的女孩儿家，装了一肚皮的淫词艳曲，安有不心心念念羡慕那些才子佳人呢？加以她姊妹被强盗剥得一身精光地捆缚了，是由郑时亲手解开的，有这一层关系，柳无非心里对郑时就不知不觉地亲热了。男女之间，只要双方都有了爱慕的念头，便没有不发生肉体关系的，在郑时不过因柳无非生得可爱，素来好色的人，不能制止自己不转念头，只是还有些觉得自己的年纪，比柳无非大了一倍，不敢希望便成夫妇。不料柳无非因自己曾赤身露体与郑时接触，更钦佩郑时的学问好，并不嫌郑时年老，竟愿以终身许给郑时。郑时原是没有家室的人，自是再得意没有了。但是张文祥心里极不以为然，却又明知郑时绝不听劝，不便拦阻。郑时和柳无非都看出了张文祥不愿意的神气，二人商量对付，就将柳无仪配给张文祥。张文祥这时除了与郑时绝交而外，没有方法可以拒绝。一个铁铮铮的汉子，遂也轻轻地被卷入这爱河的旋涡中了。两真姊妹既嫁给两盟兄弟之后，便大家计议，恐怕到南京不为林郁夫妇所欢迎，即决议不到林家去了。依郑时的计算，径到山东去找马新贻，看马新贻对待的情形，再定行止。柳无非姊妹既嫁了他二人，行止自由他二人做主。去向已定，便往山东进发。

柳无非姊妹陪嫁的资财，都是柳儒卿在四川搜刮的，也有十多万。郑时打算到山东后，借马新贻的门路，捐一个官衔，凭着自己的才干，也不愁没有出头之日。在路上经过了多少时间，这日到了山东。在一家招牌名鸿兴的大客栈里住下，先打发人去巡抚部院里将施星标找来。施星标这时的气概，已大异乎从前了。因终日和官僚接近，眼见的是官模样，耳听的是官言语，而他又自以为做了巡捕大官，不能不有官架子、官习气。巡抚部院里的人，因不知道他的来历，见他初到的时候，马新贻立时传见，并很密切地和他谈了一会儿话，估量必是和马新贻有密切关系的。官场中人的眼睛最势利，不要说是和督抚有密切关系的人，全省的官员都得逢迎巴结。只要督抚在闲谈中提了这人的名字，或在上衙门的时候，督抚单独对这人点了点头，这人便得了无上的荣幸，一般同僚的官员即时对这人就得另眼相看了。施星标就因马新贻对他与一般在部院里供职的人，略似亲切一点，便没有一个不在施星标跟前献殷勤表好意的。施星标原本是老实人，看了这些人对他的情形，不知道势利官场，照例如此，只道是自己的官阶比人高，应受一般人的敬礼。

这时他骑来一匹马，带了两名跟随，自觉很体面地到鸿兴栈来。他是个天真烂漫的人，倒还有一点儿念旧之心。见了郑、张二人，连忙行礼，说道：“二哥、三哥到这里来，怎的也不早给我一个信，使我好远些迎接？并且也用不着住客栈，直到院里去住，多少是好。”郑时看施星标还是在四川时一般的亲热，便说道：“自家兄弟何用客气，说什么远些儿迎接的话。老弟知道院里好住吗？”施星标笑道：“怎么不好住呢，难道二哥、三哥是外人吗？”郑时也笑道：“老弟还责备我不早给你信，你到山东来这么久了，曾有一个字给我们吗？我和三弟因没得你的信，委实有些放心不下，只得亲来这里瞧瞧，如何好冒昧径去部院里呢？”施星标跺脚说道：“二哥快不要提写信的话了，真是急得我要死。从前我们兄弟在一块儿的时候，凡是要提笔的事，有二哥做主，我倒不觉得不识字的不方便。我动身的时候，记得二哥曾叮嘱我写信，那时还没拿写信当一件难事。及到了山东一两个月，差事弄妥了，才想起要写信的事了，但是我既提不起笔，又没有知心的人可代我写，你想我不是急得要死。”郑时点头道：“我也想到了你有这一层为难的情形，于今大家都见了面，这些话也不用谈了。你且将到山东后的情形，详细说给我听，我再告诉你别后的经历。”施星标即将马新贻待遇了他的言语、行为，和盘托出说出一遍。郑时踌躇道：“既是这么一回事，你何以见得我两人好到院里去住呢？”施星标道：“这还有什么可疑虑的地方。像我这样文不能文，武不能武的笨人，到这里没几日，也就弄到了这么一个前程，难道对二哥、三哥还不如我吗？放心，放心，于今是我们兄弟应当得志的时候到了。”郑时见施星标自以为巡捕是大前程，不由得好笑，但也不便说穿，扫了他一团高兴。便说道：“能如老弟所说的自是好事，你我都巴不得有一条出头之路，不过到院里去住的话，就是大哥吩咐我们搬去，我也觉得不大方便。老弟到这里坐谈了一会儿，我还没引见你两个嫂子。”

施星标听了，望着郑、张二人发怔道：“什么嫂子？两个哥哥都在我走后娶了亲吗？”郑时笑道：“自然是娶了亲，否则哪里有嫂子给你引见？”施星标顿时很着急似的说道：“这却怎么办，我不知道二哥、三哥都已办了喜事，有嫂子同来了，一点儿见面礼也没准备，我面子上不太难为情吗？”说时，立起身伸手在怀中摸索。大约是打算摸些儿银两出来，郑时忙拉着他的手在身边坐下，说道：“不要忙，我还有话向你说。我和三弟娶你这两个嫂子的原因，不能不先说给你听。但是这原因只能向你说，因你和我们赛过亲手足，在一块儿时候的事，不能瞒你，别后的事不忍瞒你。除我们自家兄弟而外，无论什么人都说不得。”施星标道：“那是自然，我到此地这么久了，从不曾向外人漏出半句以前的事。”郑时接着将七夕在黄鹤楼闻笛，及以后种种经过，详述了一遍道：“这事可算是弄假成真的，三弟当时果然没有动丝毫不正的念头，就是我也不过生性惯寻这种开心，见了可爱的女子，不问成与不成，是要转转无聊的念头的。谁知是天缘凑巧，居然都成了夫妇，若给她姊妹知道了我和三弟的履历，日后恩爱深了就不要紧，暂时是难保不有些麻烦。”施星标愕然说道：“那回打进绵州，我不是也在内吗?”郑时笑道：“谁说不是有你在内，我也想到这事不免有些行险侥幸，但我却有把握，决不至给她姊妹知道。就是万一有泄露的时候，我等男子汉，身上长了一双腿，还怕跑不了吗?”施星标道：“怕什么，我们男子总占了便宜。好，就带我去拜见吧，见面礼日后补来便了。”郑时因恐怕施星标来了，说话给柳无非姊妹听了去，特地另觅了一间相隔很远的房会面。这时才引施星标与无非、无仪见面。施星标见无非姊妹都生得这般艳丽，险些儿看痴了。原预备了几句吉利话，打算在见面时说的，竟说不出了。郑时看了他这样失魂丧魄的神情，见礼之后，便不让坐，仍到座谈的房间里来。

施星标突然对郑时说道：“二哥、三哥的福命真好，简直是一对玉天仙，凡人哪有这样美貌的。大哥于今共有六个姨太太，都是年轻好看的。在我的眼睛看了，以为生得好的都聚在他一家了。此刻看了两位嫂子，才觉得那六个姨太太，都是俗不可耐的女子了。”郑时含笑不作声，施星标继续说道：“我们兄弟在川中的时候，都怕家室累人，现在既大家换了局面，我也要留心访求一个才好。”郑时笑道：“老弟的事，我当代为物色，包管你得一个称心如意的人儿便了。”施星标正色说道：“二哥不要多心，我想你们也应该找一个相安的给我快活快活，才对得起我。”张文祥忍不住笑问道：“你这话怎么讲？凭什么定要我们找一个相安的给你快活，你自己不会去找的吗?”施星标涨红了脸，说道：“要我自己去找，要把兄弟做什么。”张文祥大笑道：“把兄弟是专为拉皮条的吗？你这话真露出你呆子的原形来了。”施星标很要紧似的辩道：“说媒，娶老婆，算得是拉皮条吗？当日拜把的时候，不是摆了香案，一同跪下来发过誓的吗？那几句发誓的里头，是不是有‘有福同享，有祸同当’的话？于今你们都有天仙也似的老婆享福，教我一个人睁开眼睛望着，你们凭良心对得起我吗？”张文祥听了，虽是笑不可抑，但也说不出驳他的话来。郑时哈哈笑道：“呆子何用发急呢，我不是说了包管你得一个称心如意的人儿吗？”施星标忽转了笑容，问道：“二哥这话可是真的吗？”郑时道：“我何时曾向你说过假话。”施星标喜道：“我知道我自己是一个老粗，人品赶不上二哥、三哥，学问也赶不上二哥、三哥，不敢望有二嫂、三嫂那么美的，不过我现在已有了这样的前程，若是我的官运好，将来的升迁是量不定的，总要像一个官家太太的样子，才可以配得上我。”张文祥道：“官太太的样子，是什么样子，我没有见过官太太，倒有些分别不出。”施星标道：“说正经话，三哥不要开我的玩笑。一种人有一种人的样子，三哥这般精明的人还说分别不出，不是存心开我的玩笑吗？”郑时知道施星标是老实人，说话最容易认真，便接着说道：“是否官太太的样子，我一望就分别得清楚，不配做官太太的，我断不至从中撮合，你只回去多准备些喜酒给我们喝。你是在官场中的人，娶亲须得有个场面，不能像我们一般的草率。”施星标道：“话虽如此说，只是二哥一时哪里有一个这么合适的人儿呢，我到山东来了这么久，不曾遇着有相安的人，不相信二哥刚到这里，便已对中了有可以配给我的人。”郑时笑道：“你可以不问我这些话，我从来没有哄骗过你，这一层还不能使你相信吗？”施星标心里想着：这话倒是可信，我在四川的时候，许多人都因我老实，每每说假话哄骗我。就是张文祥也时常拿假话来寻我的开心。唯有他一次也没有骗过我，并且因我老实，连笑话都不大向我说。他的话是可以相信的。想罢，就说道：“我不是不相信二哥，是恐怕一时找不着合适的人。”张文祥道：“你只回去准备办喜事。二哥替你撮合的人，我也知道了，确是再合适没有，我也能包你称心如愿。”说得施星标如雪狮子向火，浑身都喜得融化了，当下辞别了郑、张二人，回到巡抚部院，即到上房里见马新贻。马新贻平日也是因施星标诚实可靠，出入必带在身边，所以能直接跑进上房去。

这时马新贻正在检阅重要公文，忽见施星标进来，脸上喜气洋洋的，不是平常的态度，料知必是有什么可喜的事，遂将手中公文搁下。施星标见左右没有人，便近前说道："郑时二哥和张文祥三哥都来了。二人说本应一到就进来禀安禀见的，因为不敢鲁莽，先打发人来叫施星标去。"马新贻不待施星标往下说，接口问道："带多少人来了？"施星标道："没带旁人，只各带了一房家眷。"马新贻道："他们不是都没有家眷的吗？怎么各带了一房家眷呢？"施星标是素来不会说假话的人，随口就将郑、张娶柳氏姊妹的经过，及柳氏姊妹如何美丽的话说了。马新贻笑道："你的眼睛里看出来的美丽，只怕不见得是真美丽吧？"施星标急得竭力争辩。马新贻低头沉吟了一会儿道："他两人改了名字很好。不过鸿兴客栈里住的人太杂，种种类类的人都有，在那里住久了，终恐遇见面熟的人，传扬开了不是当耍的事。你就去向他两人说，我原想去看他们，亲自接他们到院里来住的，只为有许多不便的所在，不能随意行动，望他们原谅，即日将家眷、行李都搬到这里来，且住下再看机会。只需将西花厅腾出，就够他们两房眷居住了，西花厅虽是离上房太近了一点儿，好在不是外人，没什么要紧。"施星标见马新贻这么说，心里说不出的高兴，一迭连声地代郑、张二人道谢。不知郑、张二人究竟肯不肯到抚院里来住？且待下回再说。

第九回

敞寿诞六姨太定计
营淫窟马新贻诱奸

话说次日一早，施星标就吩咐人收拾西花厅准备给郑、张二人居住。马新贻取了一张名片，教施星标去鸿兴客栈迎接。施星标领命到鸿兴栈来，见郑、张二人，将马新贻的话传达了。郑时问道：“你曾听大哥说过，将如何安插我们的话吗?”施星标道：“他只说且住下再看机会。我们既住在那里，他自然得安插我们。”郑时低头不作声，好像思量什么似的。张文祥道：“我们既已经来了，在客栈里住着，总不成个体统，我们又没有第二个可靠的朋友，二哥毋庸踌躇，不搬去，倒觉得对不起他似的。”郑时点头道：“承马大哥的盛意，教四弟前来迎接，我们岂有不遵命的道理。不过我所踌躇的，是为从四川出来，因路途遥远，不曾携带一些儿土产来孝敬马大哥，见面是很难为情。打算就在此地办几色礼物带去，聊表我二人一点敬意。”

施星标道：“这却可以不必，他哪里在乎这点儿礼物。”张文祥道：“他虽是富足不在乎人家的礼物，我们不能不聊表敬意。二哥说应办些什么，我去照办便了。”郑时当即开了一单应办的礼物，张文祥亲去办了。就在这日，施星标帮着将眷属、行李都搬进了巡抚部院，马新贻与郑、张二人相见时，只寒暄了几句，便有事走开了，好在有施星标督率着下人安置一切。

直到夜间，马新贻才安排了筵席，在上房款待郑、张及柳氏姊妹。马新贻的六个姨太太，都对待柳氏姊妹十分亲热，柳氏姊妹虽也是生长在官宦之家，然柳儒卿当日不过做了几任州县官，排场气概，如何及得巡抚部院里的阔绰。少年女子的虚荣心最重，当下看了马新贻六个姨太太的豪奢放纵情形，不知不觉地动了艳羡之念。而施星标在帮着搬行李的时候，看见春喜丫头了，也不知不觉地动了爱慕之心。暗想：二哥只说替我撮合，教我准备喜酒，他何不就把这丫头配给我？虽说是个丫头，身份有些不对，但是这丫头的模样儿很好，举动比寻常人家的小姐还要来得大方。大哥身为督抚，尚且讨班子里的姑娘为姨太太，论人物，六个姨太太都赶不上这丫头。我讨了她，料想不至被人笑话。就只怕二哥是个有名的好色之徒，他要留着给他自己做姨太太，不肯让给我。我且先和三哥商量，求三哥帮我说，如果他硬不愿意让给我，我就向大哥叩几个响头，也说不得，总得求大哥说一句公道话，看我为什么要单身过一辈子。

想到这里，自觉有了把握，乘左右没有人的时候，悄悄地对张文祥说道："男子汉到中年以后，还没有一房家室，好像凡事没有个着落的样子。我自从来到山东，境遇一天好似一天，地位也一天高似一天，我就想在山东成立一个家业，免得终年和没庙宇的游神一般，没个归宿之处。无如我既不是本地方人，对本地官宦人家又少有来往，高不成低不就，很难得有合意，不知他打算替我撮合的，究竟是谁家的小姐？"张文祥因施星标的言语、举动，从来有些呆头呆脑似的，和他没多的正经话说，一开口便是开玩笑。这时见施星标说得如此慎重，并不似平日说话的没条理没次序，也就不便拿出开玩笑的神气，只得应道："此后既安排在官场中过活，家眷是少不得的。二哥打算替你撮合的，他不曾说给我听，不知道究竟是谁家的小姐。"施星标道："不问是谁家的小姐，我都不愿意。大富贵人家的，好是自然很好，不过我做官不久，总怕匹配女家不上。我只要讨一个人，能像二嫂的春喜丫头那般一模一样的，就心满意足了。你可知道春喜已经许配人家没有呢?”张文祥大笑道：“既是你自己说出来愿意讨春喜，那是再好没有的了。”施星标喜问道：“难道二哥说替我撮合的，就是春喜吗?”张文祥道：“不就是她，还有谁呢?”

施星标道：“怎么这两日不见二哥提起？你猜事情不至变卦吗?”张文祥道：“二哥因你说要讨一位官太太，他恐怕春喜是个丫头出身，不配做官太太，所以说出来之后，就失悔不该说了。你于今既不嫌弃丫头，我去向二哥说便是了。”施星标听了，来不及似的对着张文祥一连作了好几个揖，说道：“这事就拜托三哥了。”张文祥将施星标的话对郑时一说，这段姻缘便立时成就了。马新贻听说，即赏给施星标二百两银子作结婚费。郑、张二人也都有馈赠，于是施星标兴高采烈地和春喜结起婚来。

施星标是个有职务的人，结婚后仍照常供职，也没有另租房屋。春喜夜间陪他睡觉，白天不在柳氏姊妹房中闲坐清谈，便在上房陪马新贻的几个姨太太寻开心玩笑。春喜本来生性聪明，因从小伺候柳无非姊妹，也略解文字。施星标一心想马新贻栽培提拔，无时无地不求得马新贻的欢心。知道马新贻最宠爱的，是新讨来的六姨太。六姨太是北京极有名的红姑娘，艳名也就叫作“红姑娘”。但是容貌并非惊人之艳，就只应酬的本领高大，一张嘴伶牙俐齿，能遇一种人说一种话，但凡见过她的人，个个疑心她对自己有无限深情。心思更是细密玲珑，在她班子里走动的，不是王公贵人，即是富绅巨贾。每有为难的心事，或是在她跟前愁眉不展，或是背着她短叹长吁，她总得寻根觅蒂，问出情由来。只需她那两个水银似的眼珠儿一转，不论什么为难的事，她都能立时想出应付的方法。虽不见得处处妥当，但见解确能比人高。因此一般在她那里走动的王公贵人、富绅巨贾，见面多呼她为红军师。

马新贻为慕她的名，花了上万的银子讨来，果是名下无虚。马新贻宠幸她无所不至，大小家政，多半归六姨太掌握。满衙门的人，没有不畏惧六姨太的，没有不巴结六姨太的。施星标想马新贻栽培提拔，更是巴结得尽心尽力。春喜是当丫头出身的人，不待说最会承迎色笑，对于几个姨太太，虽是一体奉承，只是在六姨太房里周旋的时候为多。马新贻既是宠幸六姨太，当然除了办公事的时间以外，总在六姨太房中寻欢取乐。论年龄，春喜比六姨太轻。论姿色，也比六姨太美。马新贻是个纵欲无厌的人，六个姨太太还不能满足他的欲念，见春喜生得有几分动人之处，又整日地在左右殷勤，便串通六姨太勾引春喜实行无礼。在六姨太未尝没有醋意，但知道马新贻可以随处钟情，恐怕他再讨第七个姨太太进门，夺了自己的宠幸。春喜是有夫之妇，只能通奸相好，不能定名正位，停眠整宿，对于自己的宠幸，还可以保全。因此情愿顺承马新贻的意旨，用种种方法引诱春喜。在班子里当姑娘的人，引诱妇女的手段，自是高人一筹，全不费事地便将春喜引诱成奸了。施星标是个粗人，又轻易不敢到上房里走动，哪有察觉的时候。

马新贻与春喜通奸了一两个月，厌故喜新的毛病，不觉又渐渐地发出来。这时秘密对春喜说道：“我今年差不多五十岁了，中国各省繁华之地，我多到过，生得美的妇女，在我两只眼里见的，也实在不少。只是从来没见过有美丽像你家那两个小姐的。我不知道郑老爷、张老爷怎么有这么好的艳福，不费什么气力，在半路上遇着，便成就好字，真是可羡可慕。从外面看，似乎我比他两人命好，其实我的命，如何及得他两人。我若能得一个像你家大小姐那般美女子的，陪伴终身，现在的高官厚禄都情愿让给旁人去享受，我就以白丁终老也是快活的。”春喜道：“我家两位小姐岂但生得容貌美，诗词歌赋琴棋书画，没一件不会，没一件不精，这回嫁给郑姑老爷和张姑老爷，也要算是天缘凑巧。不然，也没有这么容易。我记得当日在四川，老爷太太还存在的时候，来替大小姐二小姐做媒的，也不知经过了多少次，都是官宦人家的少爷。老爷太太说门第人品都很相安，可以定下来，偏是两个小姐自己不肯，说：‘那些官家少爷，多是酒囊饭袋，毫无学问的，一旦没了祖业，便无力谋生。’我大小姐并不知道害羞，当面向太太说，不愿意嫁给那些文不文武不武的少爷。那时赵家大少爷已经做到都司了，年纪还只二十五岁。据说赵大少爷能开两石重的硬弓，武功好得了不得。我家老爷太太以为二小姐是没有不中意的了，谁知二小姐仍是不情愿。我那时心想：两个小姐这也不愿，那也不愿，到底心里打算要什么样的人物才嫁呢？谁也想不到在船上遇见郑姑老爷，即时就倾心要嫁他。小姐原是要回南京林家去的，大约也是因为喜事办得太草率了，恐怕到林家说起来不体面，所以情愿不去林家，径随姑老爷到这里来。论两位姑老爷的人品虽是好，但从前做媒的那些少爷们不见得都赶不上。”

马新贻问道：“然则你那两个小姐何以是那么来不及似的嫁他们呢？”春喜道：“我在隔壁舱里仿佛听得大小姐劝二小姐道：‘你我的年龄也不小了，终身大事，若依赖姨父姨母，是靠不住的。我们赤身露体地承他两人从强盗手里救了回来，难得他两人没有娶妻，我们不赴此嫁他，好意思去嫁什么人呢？”马新贻笑道：“遍身被人抚摸了，就得嫁给这人。我倒得设法在她姊妹身上抚摸一阵，看她又肯嫁给我吗？”春喜想迎合马新贻的意思，便说道：“这不是极容易的事吗，大小姐二小姐都欢喜喝酒，而酒量又不大，两三杯酒下肚就醉了。不过这事也得商通六姨太，要六姨太出头请她姊妹到上房里来。”马新贻不等春喜往下说，即连连摇头道：“这事不能给六房知道。她姊妹既通文墨，我自有方法，使她姊妹心甘情愿地着我的道儿。只要你在中间做个穿针引线的人，事成后我自重重地赏你。”春喜道：“我自然应该尽力，不过两个小姐平日待我，虽与姊妹无异，我却从不敢在她跟前放肆。勾引她的话，我是不敢去说的。”马新贻问道：“看她姊妹的性情举动，都像很随和的，很容易说话的，并且你此刻的身份地位已和她一般大了，有什么不敢在她跟前放肆呢?”春喜道:“两个小姐的性情举动，实在都很随和，就是我当日伺候她的时候，一次也不曾受她责骂过。只是要我向她说无理的话，她究竟是小姐，有小姐的威严，我怎敢和她比身份比地位。”马新贻听了，两个眼珠儿顿时向上转了几转，不住地点头，笑道:“有了，有了，我有计较了。你既畏惧她的威严，便勉强教你去说，也是说不动她的。大小姐为人更精明能干，一张嘴又能说会道，就是商通六房里去勾引她，也不见得不碰钉子，没得弄巧反拙，倒难为情。我于今思量出一个最妙的方法来了，不问她是怎样三贞九烈的女子，不愁她不上我的圈套。”春喜忙问是如何的方法。马新贻笑道:“现在还不曾着手，不能说给你听，你瞧着便了。”春喜遂不敢再问。

过了几日，六姨太忽亲自到西花厅里来。柳无非姊妹迎接进房。这时，张文祥和郑时都到外面闲逛去了。六姨太坐下来，笑道:“两位姊妹都是极精明的人，可知道我此来是干什么事?”柳无非也笑道:“姊姊不说，我们从哪里知道呢?”六姨太道:“今日是我的贱辰，特来接两位妹妹上去喝一杯淡酒。”柳无非道:“啊呀，我真疏忽得该打，劳动姊姊亲自来接，如何敢当。我早应该去给姊姊叩头才是。”

六姨太连忙伸手来掩柳无非的口，说道:“快不要说这些客气话，我们都是年轻轻的人，岂是庆寿的时候?只因我今年二十七岁，正逢暗九。我那生长地方的贱俗，每人生日，逢着明九暗九，都有禁忌。据老辈传说:若这人逢明九或暗九的生日，不依照老例热闹一番，这人必不顺利，并且多病多烦恼。”柳无非道:“我倒不懂得这种风俗。怎么谓之明九?怎么谓之暗九?因四川没有这风俗，不曾听人谈过。”六姨太道:“风俗自是一处不同一处。如我今年二十七岁，三九二十七，所以谓之暗九;若再过两年二十九岁，便是明九了。遇着明九的生日，须在白天安排些酒菜，邀请若干至亲密友。男子生日邀男子，女子生日邀女子。已成亲的邀已成亲的，未成亲的邀未成亲的。大家围坐在一处，每人由生日的人敬九杯酒。酒杯可以选用极小的，酒也可以用极淡的，但是少一杯也不行，这就是托大家庇荫的意思。各人尽兴闹一整日，越闹得高兴越好。暗九就在夜间，一切都依照明九的样，也是越闹得凶越好，务必闹到天明才罢。平常生日做寿，至亲密友都得送寿礼，自有逢着明九暗九，无论什么人，一文钱的礼也不能送。若是明九暗九有人送礼，简直比骂人咒人还厉害。过了六十岁的人，便没有这种禁忌了。我今年是暗九，所以特来请两位妹妹去喝点儿淡酒。务望给我面子，早些光降，最好大家聚饮到天明。”

柳无非道：“姊姊说得这么客气，真折煞我姊妹了，我们即刻就上来给姊姊叩头。”六姨太道：“依照我生长地方的风俗，凡是至亲密友，都得邀请。越请来的人多越好。无奈在这地方和做官一样，至亲不待说没有，便是密友，除了两位妹妹之外，就只有我家里那五个姊姊。太太肯不肯赏光，此时亦说不定，须看她临时高兴不高兴。”柳无非道：“我不知道姊姊贵地方的风俗，本应略备礼物，以表我姊妹一点儿庆祝之心。既是姊姊说送礼比骂人咒人还厉害，我姊妹就只好遵命来讨酒喝了。”六姨太道：“原是为有这种风俗，才依照老例热闹一番，若送礼，便犯了禁忌了。”柳无非姊妹信以为实，丝毫没有疑虑。

六姨太去后，不一刻，郑、张二人都回来了，柳无非对郑时说了六姨太亲来邀请的话。郑时笑道：“明九暗九的话，我也曾听人说过，只不知道有邀请至亲密友饮酒的风俗。你是欢喜喝酒的，酒量又不大，宴会中万不可多喝。喝多了一则身体吃亏，二则酒能乱性，恐怕错了规矩礼节，闹出笑话来，醒后就失悔也来不及了。”柳无非笑道：“同席的没有外人，都是些每日见面的，就多喝两杯，也未必就闹出什么笑话。好在六姨太说，酒杯可以选极小的，酒也可以喝极淡的，仅仅九小杯酒，哪里能喝醉人，不过六姨太说，照风俗须共饮到天明。你不是得独睡一夜吗？”郑时笑道：“我独睡一夜倒没要紧，你每夜不到二更就睡，于今忽教你熬一通夜，你怎么受得了？”柳无非摇头道：“熬夜算不了什么。你睡在床上等我，我只要可以抽身回来，就回来陪你睡。”夫妻很亲密谈了一会儿，六姨太已打发丫头来催了，柳无非姊妹方一同走进上房里去。

此时天色已是上灯时分了，内花厅里已摆好了酒席。虽没设寿堂，也略有铺陈，是个有喜庆事的模样。马新贻的六个姨太太，都浓妆艳抹，出厅迎接。春喜也打扮得花团锦簇的，跟在六个姨太太当中。柳无非姊妹同向六姨太下礼，大家都急着搀扶，齐说不敢当。分宾主略坐了片刻，六姨太即起身邀请入席。

各房姨太都自有丫鬟在旁斟酒伺候，另派了三个丫鬟，伺候柳氏姊妹和春喜。每一个丫鬟手捧一把小银酒壶，各斟各的酒，柳无非看杯中酒色金黄，喝在口中，味极醇厚，但是略有点甜中带涩，仿佛有些药酒的余味，不觉用舌在唇边舐咂，六姨太非常心细，已看见了柳无非的神情，连忙含笑道：“今日贱辰，承诸位姊姊妹妹赏光，和我喝酒。我知道诸位姊妹的酒量，都未必很大，恐怕外边的酒太厉害，喝不上几杯就有了醉意，因此特地派人办了几坛金波酒来。这金波酒的力量不大，大家都可以多喝几杯。”说时，两眼望着柳无非，问道：“妹妹曾喝过这种金波酒吗？”柳无非道：“不曾喝过。”柳无非满心想问：怎么有药气味？因转念一想：这是庆寿的筵席，如何好随便说出药字来？只心里猜度，以为金波酒本是这般的味道，喝了两杯之后，便不觉得有药味了。

六姨太殷勤劝敬，柳无非觉得九杯之数未曾喝足，不好意思推辞，勉强喝过了九杯，已实在不胜酒力了。六姨太即向她说道：“妹妹今夜无论如何得热闹一整夜，我知道妹妹的身体不甚强健，此时可到我房里去休息片刻。”说着，起身走到无非跟前，就无非耳根低声说道：“喝酒的人，每小解一次，又能多喝几杯。”柳无非此时正想小解，听了这话，便也起身对同席的说道：“对不起，我立刻就来奉陪。”大家齐起身说请便。六姨太搀着柳无非的手，一同走进卧室，推开床后一张小门。

柳无非举眼看这房间，比六姨太的卧室略小些，房中灯光雪亮，陈设的床几、桌椅，比六姨太房里还加倍的清洁富丽。正待问这是谁的房间，六姨太已说道：“这是我白天睡觉的房间，床头那个形像衣橱的，不是衣橱，拉开橱门，里面便是马桶，妹妹小解后，在床上略坐一会儿，我去教人弄点儿解酒的东西来给妹妹吃，我这房里谁也不敢进来，外边有什么声息，里面毫不听得。这里面也不论有多大的声响，只要关上房门，哪怕就站立在门外的人，也简直和聋了的一样，因为我白天睡午觉，最怕有声响。就被惊醒得再也睡不着了。为此弄这么一间房子，连我自己的丫鬟，都不许进来。”柳无非心中羡慕不已。六姨太回身退了出去，顺手将房门带关了。柳无非走到床头，轻轻将橱门一拉，看橱里果和一间小房子相似，并有一盏小玻璃灯，点在橱角上，照见橱里不但有一个金漆马桶，并有洗面的器具，琉璃灯侧还悬挂了一轴五彩画。

柳无非这时忽闻得一种极淫艳的香气，顿时觉得浑身绵软，心旌摇摇不定，两肋发热，自知是因为多喝了几杯金波酒，连忙解衣坐上马桶，两眼不由得望着那轴五彩画。那画不望犹可，一落眼真教人难受，原来是一幅极淫荡的春画。柳无非初看时，吓得掉过脸不敢多望，只是两眼虽望在旁处，心里再也离不开那画，觉得房中没有人，我何妨多看看，这类东西是轻易看不见的。谁知越看越不舍得丢开，不能遏抑，却又恐怕六姨太送解酒的东西进来，撞见了不好意思。只好硬着心思起身，决然走出来。关了橱门，整理了衣带。觉得这房里的香气，比橱里更甚，看壁上也挂了好几幅工笔画，以为这壁上的断不是春画。柳无非本是会画的人，尤喜工笔画，就近看时，不是春画是什么，并且每幅画上，都是一男数女，妖亵不堪。柳无非正在春兴方浓的时候，再加上看了这类东西，哪里还讲得上“操守”两个字，就到床上横躺着，一颗心不待说在那里胡思乱想，正在此时，忽见马新贻从床后转出，走近床前，笑嘻嘻地打了一躬。不知马新贻将怎生举动？且待下回再说。

第十回

马新贻白昼宣淫
张文祥长街遇侠

话说柳无非眼望着马新贻笑嘻嘻地向她打了一躬，说道："好妹妹，你真想死我了。"柳无非吓得心里一跳，正待挣扎起来，无奈在醉了酒的时候，身体不由自主。马新贻来得真快，只一霎眼工夫，已被搂抱入怀。柳无非身体既不能动，唯有打算张口叫六姨太快来。动不能动，喊不能喊，挣扎又无气力。此时的柳无非，除了听凭马新贻为所欲为外，简直是一筹莫展，因此柳无非遂被马新贻玷污了。马新贻最会在妇人跟前做功夫，柳无非一落他的圈套，便觉得他是个多情多义的人。倒是马新贻还存了几分畏惧郑时的心思，明知道郑时有杀柳儒卿的事，因恐怕对柳无非说出来，柳无非不能忍耐，在郑时跟前露出形迹来。郑时机智过人，必能看出其中毛病。万一因这奸情事，彼此弄决裂了，郑时不是好对付的。此时的马新贻心目中，只觉得郑时可怕，以为张文祥不过一勇之夫，不足为虑的。幸亏马新贻不把张文祥放在心上，方有以后惊天动地的事闹出来。若马新贻将张文祥和郑时一般看待，那就难免冤沉海底了。这是题外之文，不去叙它。

且说马新贻既诱奸了柳无非，就每日教六姨太借故将柳无非接到上房里来，以满足双方的兽欲。郑时虽也是一个好色之徒，然尚顾体面，不似马新贻这般不择人不择时不择地，公然白昼行淫。郑时自进巡抚部署院后，每日除了同张文祥去外面闲逛些时外，总是独自坐在西花厅里看书。白天非有事故，并不和柳无非在一块儿厮混。也不是郑时对柳无非的爱情减少了，不愿意亲密。一则因已成了眷属，自以为夫妻是天长地久的，不必和露水夫妻一般如胶似漆。二则因柳无仪与柳无非不曾离开过，姊妹的感情厚，欢喜时刻在一处笑谈。并且马新贻的六姨太太和春喜也不断地到柳无非房中来，自觉坐在一块儿不方便。加以郑时喜读书，日常手不释卷，夫妻在一间房里坐着，总不免有些分心，不如独自在花厅里清静些。因此六姨太每日来引诱柳无非到密室去行淫的事，郑时丝毫没有察觉。

马新贻的欲望若是容易满足的，便不至有了六个姨太太，又弄上了春喜，还要想方设法地诱奸柳无非。即是个逞欲无厌的人，初与柳无非成奸的时候，似乎很满足，及至每日欢会，经过若干度之后，趣味就渐渐地减少了，一缕情丝，又不知不觉地绕到柳无仪身上去了。和马新贻鬼混的这些妇女，既无所谓爱情，便也没有什么醋劲，并巴不得多拖几个人同下浑水，免得人家独为君子。

柳无仪从小就异常服从柳无非，有时她母亲叫她做什么事，反不如柳无非说的，一些儿不敢违背。就是在船上与张文祥成亲的事，柳无仪因张文祥的年龄比自己大过一倍，又是一个武人，没一些温柔文雅之气，原不甚情愿的。只为柳无非已与郑时发生了夫妻的情感，郑时恐怕张文祥不高兴，也是竭力想把张文祥拉下浑水，教柳无非劝柳无仪与张文祥成亲。柳无仪服从惯了，不敢说出不情愿的话来，张文祥一般地是服从郑时的人，遂由双方生拉活扯地成了眷属，然这般成亲的夫妻，自表面上看去，好像是经过一番患难的，可以称得是一段美满姻缘，其实夫妻各有各的情愿。加之张文祥是个铁铮铮的汉子，早晚必锻炼身体，终年无间，对于女色，虽不说视如毒蛇猛兽，但是存心要留着这有用的身体，好待将来做一番事业，是绝对不肯在妇人身上消磨豪气的。因此柳无仪空得了一个嫁人的名，夫妻之乐领略得极少。心里早就有些怨恨柳无非，不该拿她当送礼的人情。柳无非这回引诱她上马新贻的圈套也和六姨太引诱她一般地做作。柳无仪一旦尝着了这滋味，对张文祥更加冷淡了。

张文祥哪里拿她的行为言语放在心上。尽管柳无仪冷淡，他只是不觉得。倒是郑时看出柳无仪不亲热张文祥的神气来了，背地里劝张文祥道："我知道三弟把功夫看得认真，不肯在女色上糟蹋了身体。不过少年夫妻，实在不宜过于疏淡。你要知道，你是练功夫的人，越是不近女色越好。三弟媳不是练功夫的，何能和你一样呢？"张文祥听了，从容问道："二哥这话怎么说起来的，难道无仪对二嫂说了什么话，二嫂叫二哥来劝我的吗？"郑时连忙摇头，笑道："岂有此理。不但你二嫂不敢对我说这类话，就是三弟媳又难道肯拿这类话向你二嫂说吗？"张文祥紧接着问道："然则是二哥亲眼看出无仪什么情形来了吗？"郑时道："你知道的，我生平的大毛病，就在好色。因为好色的缘故，和女人亲近的时候居多。因亲近得多，对于女人的性情举动，也揣摩得很透彻。我眼睛里三十年来所见的少年夫妻，其和好亲热如胶似漆的，必是男女的身体强弱相等，性情灵活也相等的。聪明强健的丈夫，没有亲爱愚蠢衰弱的妇人的。反转来，妇人对丈夫也是一样，少年夫妻不和好，不是一边的身体太衰弱，便是一边的性情太古板。总而言之，十九是由于情欲上一方太过，一方不及。若两边能如愿，夫妻就没有不和好的了，你对三弟媳，自成亲之日起，到于今举动言语都无改变。只是我细心体察三弟媳对你的神情，就仿佛一日冷淡一日，不似成亲时那般亲切了。"

张文祥笑道："我倒不曾在她身上留心，不觉得她冷淡，也不觉得她亲切。二哥既看出她对我冷淡的神情来了，却教我有什么法子又使她亲切呢？"郑时笑道："你我做丈夫的，也得代她们做女人的设想设想。她们终身所依赖的，在儿女未成立的时候，就只能依赖丈夫。若丈夫不和她亲近，她终身的快乐便保不住了，她心里安得不着急呢？只要你我做丈夫的肯体贴她，亲热她，除了生性下贱，不顾名节不知廉耻的女子而外，绝没有不体贴丈夫亲热丈夫的。”张文祥也摇头道：“这只怪我的生性不好，从来拿女子当一件可怕的东西，不仅觉得亲近无味，并时刻存心提防着，不要把性命断送在女子手里。我未尝不知道这种心思，只可以对待娼妓及勾引男子的卑贱妇人，不能用以对待自己的妻子，无奈生性如此，就要勉强敷衍，也敷衍不来。我这头亲事，原是由二哥二嫂尽力从中作成的，我自己实不曾有过成立家室的念头。二哥方才劝我体贴亲热的话，我也知道是要紧的。但我仔细想来，即算我依遵二哥的吩咐，从此对无仪，照二哥对二嫂一样，无仪心里自是快乐。不过我为图她快乐所受的委屈，就真是哑巴吃黄连，说不出的苦了。何况在我这个生性不会体贴不会亲热的人，纵勉强做作，能不能得她快乐，还不可知呢？我想与其是这般两边不讨好地延长下去，不如仍由二哥二嫂做主，另物色一个好男子……”

郑时不等张文祥再说，急伸手去掩着张文祥的口，说道：“这不像话，快不要如此乱说，便是这般存心也使不得。休说无仪是你很好的内助，你不可胡存这骇人听闻的念头。就是无仪的德、容、工、貌都很平常，只要她没有失脚的事，你也不能这么乱说。你非不知道她姊妹都是诗礼之家的小姐，这话若传到她姊妹耳里去，你试代她们着想。寒心不寒心？”张文祥道：“我并不是胡乱说的，二哥既以为不能这么做，我只好依二哥的话，此后凡事将就她一点儿就是了。”郑时喜道：“好嘛，夫妻间很有一种乐趣，非做丈夫的凡事将就妻子，这种乐趣便不能领会。你依我的话，将来尝着了这种乐趣，还得向我道谢呢。”张文祥不说什么，自闷闷不乐地走开了。

过了几日，张文祥忽于无人处对郑时说道：“我们山遥水远地来依靠大哥，到这里也住了几个月了。初到时还见过几次面，近来简直面都见不着了。他口里虽道竭力设法安插我们，心里不见得有这一回事。我想久住在这里也无味，我们原不是为官作宰的人，娶了个官家小姐做妻子，已经是不相匹配了。再加上久住在这种富贵的地方，使她们终日和一般骄奢淫逸的姨太太住在一块儿厮混，把两个眼眶儿看得比篮盘还大，将来一定有不把我们这些穷小子看在眼里的时候。我想不如趁早离开山东，去另寻事业。不知二哥的意思以为如何？”

郑时笑道：“三弟的性情，还是这么急躁。你不知道在官场中误差候缺的人，每日得上衙门钻营巴结，无所不至。常有候到几十年，还候不着一点儿差事的。我们在此地才留了几个月，也并不曾去巴结人，向人求差事，怎样就着急要去另寻事业呢？我并不是贪恋这地方，且图一时的快乐。我们既是在几年前便动了这个想混进官场去的念头，好容易才得了这条门路。你不要把这条路看轻了，寻常做官的人，花多少万银子，还赶不上我们这种际遇呢。”

张文祥见郑时这么说，没话回答，只低下头像思索什么。郑时道：“我料着你说这番话的心事了。你必是因三弟媳近来终日和大哥的几个姨太太在一处厮混，你觉得对你益发冷淡了，由这一点原因就动了率眷离开此地的心思。我料的是与不是？”张文祥面上透着不耐烦的神气，说道：“这倒用不着说了，我当日在四川的时候，看了那些督抚司道的排场，只觉得做官的快乐。于今来这里住了些时，才知道做到督抚司道的人，都已受过大半世钻营巴结的苦了。我生性不惯巴结人，将来有没有给我快乐说不定，此时的苦我便已不能受了。并且我自知是个粗鲁人，就有官给我做，也干不了。二哥不妨在此多住些时，我打算动身去湖南走一趟。我已有多少时候不见我师傅了，心里思念得很切。”郑时问道：“你去湖南，来回大约须多少时日？”张文祥道：“好在此刻不比当年了，此地没有少不了我的事，来回的时日不必计算。”郑时道：“这使不得，三弟不能就此撇下我，自去另寻生活。我也不是贪图富贵的人，若此地实在不能混了，要走得大家同走。我劝三弟暂且安住些时。我明后日上去见大哥问他一个实在，他没有将你我放在心上，言语神气之间是可以看得出的，且待见后再作计较。”张文祥点头道：“我等候二哥便了。”

次日，郑时照例坐在西花厅里看了一阵书，觉得心里有事看不下去。他的书籍，原是安放在他自己卧室里的，就捧了这本书回房，安放在原处。一看柳无非不在房中，料知又是被几个姨太太邀到上房里闲谈去了，心里顿时转念道：“我何不趁这时候去上房里找大哥谈论一回。三弟是个生成的急猴子性格，谈论了一个着落，免得他在这里等得焦急。”想罢，即反操着两手，一步一步踱进上房的院落。平时这院子里照例有几个伺候上房的人坐着，听候呼唤传达，此时却静悄悄的，一个人影没有，一点儿声息也没有。郑时并不踌躇，仍是一步一步地踱上去。刚踱近上房的窗格跟前，耳里便隐约传进了一种气喘的声息，这声息不待审辨，就能听出是有人在房里白昼宣淫。

这声息若是传进了张文祥的耳里，必立时退出去，连呼晦气。无奈郑时也是生性好淫的人，听了这声息，心中就猜度这行淫的不是别人，必是马新贻和最宠爱的六姨太。难得有机缘遇着，何不从窗格张望张望，毕竟是何情景？不张望倒没事，这一张望，却把一个足智多谋的郑时气得发昏。和马新贻行淫的，哪里是什么六姨太，原来就是他自己最宠爱的柳无非。当时看了柳无非的丑态，不由得气得举手打了自己一个耳光。知道若被马新贻看见了，必有性命之忧。不忍观看，也不敢再看，连忙三步作两步地退了出来。仍从卧室里取了一本书，坐在西花厅装作看书的样子，咬牙切齿地心里恨道：“我真瞎了眼，人面兽心的马新贻，我不曾看出来；水性杨花的柳无非，我也看不出，拿她当一个义烈女子。怪道她近来每夜说身体疲倦，上床就睡着不言不动。我还心里着急，以为她身体虚弱，欲念淡薄，打算找一个名医来，替她诊治诊治，谁知是这么一回事。”

郑时独自越想越气，恨不得拖一把快刀，即时冲进上房去，将马新贻和柳无非都一刀杀死，再回刀自杀。但是立时又转念道：“我与柳无非原不是明媒正娶的夫妇，在船上乘她之危，将她轻薄，因此勾得她上手，这样配合的夫妻，原来是靠不住的，她若是一个三贞九烈的女子，便不应胡乱在船上许我亲近，这事只能怪我自己不好，所谓悖入者悖出，我不值得因此气愤。为这种淫贱妇人，送了我的性命，更是不值得了。就这回的情形看起来，不待说两姊妹都被这淫贼马新贻奸占了。我真被鬼迷了眼睛，前日还竭力劝三弟亲近那淫妇，为今之计，除了我和三弟偷逃，没有别法，不过我和三弟忽然弃眷潜逃，在别人不知为的什么，那淫贼心里是明白的，那淫贼既怀着鬼胎，又知道我和三弟的履历，未必不想到放我们逃了，不啻留下了两条祸根。那时为要免他自己的后患，即不能不借着四川的事，破脸缉拿我们，使我两人到处荆棘，也是不好过活的。待借故带着两个淫妇走吧，姑无论没地方可走，那淫贼也绝不肯放。那淫贼是何等机警的人，一疑心被我识破了，便是危险。”郑时如此翻来覆去地思量了好一会儿，一时委实想不出两全的方法来。

正在闷闷地难过，忽见张文祥兴冲冲地走了进来，笑道：“可惜今日二哥不曾跟我出去。我今日连遇着两个异人，都是寻常不容易遇着的。”郑时勉强赔着笑脸，问道：“两个什么样的异人，你如何遇着的?”张文祥吃惊似的在郑时面上打量了两眼，凑近身坐下来，问道：“二哥身体不舒服吗?面上的气色很不好?”郑时摇头道：“没有什么不舒服，只心里觉得有些闷罢了。你说你所遇的异人吧。”

张文祥见郑时说没有不舒服，便又鼓起兴致来，说道：“我今日出衙门去街上闲逛，信步走到一处，只见前面一个痨病鬼也似的人，穿着一件破烂不堪的衣服，低头曲背地向前走。那走路的形象，一歪一扭的，简直是一口风来就得吹倒的样子，左手提了一根尺多长的旱烟管，右手擎着一个酒葫芦，边走边用嘴对正葫芦，仰面咕罗咕罗喝下酒去。喝了这口酒，又将旱烟管送到嘴边呼呀呼地嘘几口烟。是这般怪模怪样地走着，引得满街的人都笑嘻嘻地看他，他仿佛全不觉得有人看了他好笑，只管偏偏倒倒地一面嘘烟，一面喝酒。许多过路的见了，多停步望着他，也有好事的，跟在他左右背后，和看什么新奇把戏一样。我正是无事出来闲逛，见了这般怪物，不知不觉地也就跟在他后面，看他究竟是个干什么事的，跟过了一条街，只见他转身走进一条狭巷子里去。

“刚走进巷口，忽然迎面来了一辆骡车，那骡车因是空的，行走得很快，骡夫更在将出巷口的时分，催着那骡快走。不提防凑巧这怪物迎面走进来，一时收缰哪里来得及，骡头不偏不斜地正与怪物撞个满怀。骡夫只吓得哎呀一声大叫，以为这一下撞出大祸来了，跟在背后的人，也都齐声叫不好了，连我也吃了一惊。再看那怪物真是作怪，经骡头那么一撞，倒撞得歪不扭了，身体都不曾向后仰一下，只立着屹然不动。葫芦口正对着嘴边喝酒，并不因骡头撞过来停止不喝，咕罗咕罗喝下了酒，一面提旱烟管往嘴边送，一面仍举步向巷里行走。

“这条骡子就走了倒运了。骡头抵着怪物的胸膛，怪物向前行着，骡车便被抵得向后倒退，骡子大约被抵得忍痛不住，弓着背屈着颈乱跳起来，牵连得骡车一掀一落。若不是在狭巷子里，早已翻倒在一旁了。骡夫也惊得出了神，不知待怎样才好，委实奇怪。那头骡子虽是弓着背乱跳，骡头贴在怪物的胸膛，就和有胶漆粘着了一样，无论如何跳，总是贴着不能离开。骡子乱跳的时候，怪物就立着喝酒。骡子一停脚，怪物又衔着烟管前行几步。是这么一停一走约有十来次，我们看的人都拥进了巷口。大家吼起来大笑。骡夫在这时方才明白，知道得罪了这怪物，非赔礼软求是不得了的。也顾不得骡车翻倒，慌忙跳下地来，抢到怪物跟前，屈膝请了个安，哀求苦告地说道：‘求爷爷恕小人粗心，小人实在不知道爷爷在这当儿走进巷口来。’怪物见骡夫这么哀求，才慢慢地顺过脸来，说道：‘你们赶车的，在转弯抹角的地方，照例是应该催着骡子快走的吗？’骡夫还不承认道：‘小人并不曾催着快走，求爷爷饶恕。’那怪物一听，也不开口，衔着烟管向前又走了几步。没有骡夫在车上，车辆更掀簸得厉害了，吓得骡夫双膝跪下来道：‘是小人不该，是小人不该，千万求爷爷不要再走了。’怪物遂止步用旱烟管指着骡夫，说道：‘你们这类东西真该死。幸亏今日撞的是我，若换上一个年老的或小孩，便不撞死也得踏死了。你们下次再敢这么胡冲乱撞，就休怨我不容情啊。’说着，身体一偏，又是歪歪倒倒地走过骡车去了。

“许多看热闹的人，也有想再跟上去的。无奈那辆车塞满了一条狭巷，挤不过去，只得退出巷口，让骡车走过。我知道这是个异人，有心想结识他，便不肯跟着大众退出来，侧身从车旁窜过去。看那人还在前面，我想赶到他前面，看看他的容貌。但是赶到了他背后，正打算从他身边抢上前去，他却不先不后地将身体向这边一歪，恰好挡住了我的去路，我以为他走路本是这么偏偏倒倒的，偶然倒在这边，我抢那边过去便了。等我刚抢到那边，他就和有后眼相似，又不先不后地倒向了那旁，又是恰好挡住了我的去路。我还不觉得他是有意的，直到连抢了十多次，无论我用什么身法，他只轻轻一歪就挡住了，我才知道他是存心与我开玩笑，只得立住脚待开口问他的话。他已回过头来望着我，说道：‘你到底为什么事，只管在我背上左一下右一下地这么撞，我一立着不动让你过去，你倒也立着不动，不是存心开我的玩笑吗？你要过去就快过去吧，我的头都被你撞昏了。’

“我见他倒来是这般责备我，不觉好笑道：‘我如何敢和你老人家开玩笑。我在各地游行，本领高强的人也会了不少，从来没有见过像你老人家这般高强的。我心里佩服极了，愿闻尊姓大名？’我在说这话的时候，一面留心看他的面貌，那副脸嘴，可是丑得怕人。面盘瘦削得不到一巴掌宽，皮色比刨了皮的南瓜还要难看。头发固然是蓬松散乱的，连两道长不过半寸的眉毛，也是丛丛的如两堆乱草。两眼合拢去只留两条线缝，鼻孔朝天。一张阔口，反比寻常人口大一倍。口角在两腮上，淌出许多涎来。听了我的话也不回答，好像已被酒醉得迷迷糊糊的神气，胡乱将头点了几点，掉转身躯就走。旋走旋举起酒葫芦在头上敲着，口里怪腔怪调地不知唱些什么。我心想这人必非疯癫，也不是喝醉了酒，大概是装成这个样子，以免有人看出他的行径。我已经请教他的姓名，不肯回答，就再追上去问，照这情形看来，也是问不出所以然的。不如且缓缓地跟着他走，看他走到什么所在停留。知道了他停留的所在，就好去从容结识他了，随即远远地钉在他后面。看他走进关帝庙里去了，我也跟进庙去，只见他已头枕葫芦，鼾声动地地睡在庙门弯里。我找着庙祝打听，据说，已在那庙门弯里睡了半个月。有时整日地睡着不动，有时日夜不睡，擎着酒葫芦喝个无休无歇。我打听了走出庙门，因关帝庙已靠近乡村了，心想索性到乡村里玩玩，打算玩一会儿回头，再到关帝庙里去，看那异人醒也没醒。

“主意既定，照着一条小路信步走去，约莫也走了三四里，只见一个年约二十来岁的后生，挑着一副豆腐，从一个小山上走了下来。我看那后生就觉得可怪：皮肤白皙，面貌姣好如女子，完全不像乡村里卖豆腐的人。并且身穿一件长单衫，脚上穿着鞋袜，也不像一个卖豆腐的装束。我在这边打量他，他的一对眼睛也不住地打量我，只望了我几眼，就折身走过那边去了。我心里揣测这后生多半是世家子弟，原是读书的，只因家业衰败了，不能安心读书，没奈何挑了这担儿贩卖豆腐。让我去问明他，凑这么几十两银子给他，那他便不愁无钱读书了。我心里这么思量着，就提步追上去。我与他相离虽不甚远，只是那后生的脚下倒很快，我就放紧了脚步追赶，总相差一箭之地，追赶不上，不由得诧异起来。暗想：我自问脚下不慢，怎的他挑着担儿从容行走，我倒追赶不上呢？难道这后生也是个异人吗？不相信山东有这么多的异人，偏在一日遇着了，倒得尽我的力量追他一回试试看。遂提起精神来，施展生平本领向后生追去。并不见后生奔跑，约莫又跑了二三里，忽见前面有个村庄，后生挑着担儿走进庄子里去了，我这时相隔还有一箭远近。心里已断定这后生绝非寻常人物，估量他既进了村庄，是不难与他会面了，仍不停步地走着，再看从庄子里突然跳出三条极雄壮的狗来，只略吠了两声，即同时对着后生猛窜过来，窜得比后生的头还高……”

张文祥说到这里。柳无非姊妹同走出花厅来，笑问：“什么事说得这么起劲?”便把张文祥的话头打断了。不知那后生怎生对付三条恶狗！且待下回再说。

第十一回

狗碰狗三狗齐受劫
人对人一人小遭殃

话说张文祥听柳无非问什么事说得这么起劲，只得起身让柳无非姊妹坐了，问道："且待我说完了，二嫂欲知详情，再问二哥吧。"当即继续着说道："我看那三条狗的来势凶猛，便是空手也难招，那后生肩挑了豆腐担，待放下来是万分来不及的，不放下来却怎生对付呢？在这时分，就显出那后生的本领来了。只见那后生一手护着豆腐担，一手从容向迎面扑来的那狗挥去，那狗的颈项，早被他抓住了，才一抓住，那两条狗恰好扑到，就将手中的狗横掼过去，只见狗碰狗，同时叫了一声，三狗都跌在地上，几翻几滚，便和死了的一样，不能动弹了。

"那村庄里的人，大约是听得外面有狗叫的声音，立时跑出一个年约三十多岁的莽汉来。一眼看见三条狗都死在地下，不由得怒冲冲地问道：'你这东西是哪里来的？为什么把我家三条狗都打死？你能好好地照样赔出三条狗来便罢，赔不出就得请你赔命。'后生也怒道：'你家简直是率兽食人，我正要找养狗的人问个道理，你倒来找我，很好，我且问你：你家为什么要养这般比豺狼还凶猛的狗咬人？今日幸亏是遇着我，若是年老人或小孩妇女，不要活活地被狗咬死吗？'那汉子辩道：'养狗的不仅我一家，乡村里人家，哪有一家不养狗的。就是我家养狗，也不是从今日才养的。

平日在我家来往及打这门口经过的人，也不知有多少，若依你说的，老年妇孺就得活活地被咬死，那么我家应该遭了多少场人命官司了。你这东西定是个贼，存心打死我的狗，好来偷盗，真是好大胆的恶贼。'

“一面骂着，一面窜上去拿那后生。我看那汉子的身法好快，武艺必练得不弱。那后生竟是毫不在意似的，并不放下豆腐担，只见他的手一举，好像在那汉子的肩窝上点了一下，汉子的两条腿，就和软瘫了的一般，顿时支持不住，一屁股坐在地下，身体随着向后一仰，面朝天地躺着，也和死了的一样，一下也不曾动弹。后生这才从容放下豆腐担来，笑道：'就是纸扎的人，也不应该像这么不结实。'我这时与后生相隔不过丈来远近，即走过去打了一拱，说道：'好武功，佩服佩服！请教尊姓大名？有这样好的武功，为什么做这小贩生意？'

“后生刚待回答，才向我回拱了一手，庄子里跟着便拥出七八个身强力壮的大汉来了。每个手中都操着兵器，单刀、花枪、双钩、棍棒都有，仿佛是事前准备了厮杀的。我想：这后生今番可糟了。看那七八个大汉的身手脚步，使人一望就知道不是好容易对付的，常言：好汉难敌三双手。那后生又是赤手空拳，并是长衣大袖，倒要看他怎生对付？我那时心里已抱定一个念头：后生果有大能耐，能对付那些凶神恶煞便罢，万一寡不敌众，我就只好跳进圈子去，助那后生一臂之力，因为七八个围打一个，未免太欺人了。谁知那后生绝不把人看在眼里，神色自若地举手摆了两摆，说道：'你们这样拿刀使杖地拥上来，是不是打算和我动手相打呢？'

“大汉之中的一个年岁略大些儿的，擎着一把雪亮的单刀，挺身走近后生跟前，答道：'你打死了我家三条狗，还不认错，公然敢动手将我的兄弟打死。我们岂但打算动手和你相打，不取你的狗命，替我家兄弟报仇，我们也不活在世间做人了。'后生哈哈笑道：'你们一不与我沾亲，二不与我带故，你们不活在世间做人，干我什么事？我一点儿不着急。不过据我看你们这些笨蛋，哪里是我的对手，休说只有这几个毛人，便再邀几十几百个来，也不够我动一动手。我若不事先说给你们听，就一阵将你们个个打死，所谓不教而诛，显得我太残忍了。于今我也没精神和你们多说，只略给点儿能为你们看。你们是有眼睛有心思的，看了自去思量，若自信能和我动手，被我打死了就不能怨我，你们仔细瞧着吧。'说毕，回头看草地上有一个长方形的石磴，现在草地上面的，有一尺五六寸高下，见方约一尺大小，半截埋入土中去了，却看不出埋在土内的有若干深浅。后生望着这方石，点了点头道：'就拿这东西做个榜样给你们看，你们有气力好的，可将这石头摇出来。'

"那些大汉好像都自知拿不起那石头的样子，大家不作理会。后生不慌不忙地走近石头跟前，低头看石上有两处握手的地方露在外面，原来是一个练武的头号石磴。大概是因为太重了，没人能拿起来，年深月久，所以埋了半截到草地内去了。后生端详了几眼，也不用手去拿，只一脚横扫过去，那石头就连黄泥带青草地翻了一个跟斗。后生并不踌躇，两手捧住那石头，轻轻往上一抛，伸左手托着，随即举右手对准石头劈去，只听得'喳喇'一声响，碎石四散。吓得立在近处的人，连忙躲闪。后生指着散在地上的碎石，说道：'你们自信比这石头坚硬，就不妨前来和我试试。'那些大汉一个个惊得脸上变了颜色，没一个敢动手的。

"就在这时候，又从庄子里走出来一个须发雪白的老头，撑着拐杖，缓步走近后生面前，说道：'你显出来的能力是不错，只是能力显过了，这躺在地上的人和狗，你应该赶紧救转来。'那后生看老头精神充满，颜色和平，便也改换了和易的神气，说道：'要救转来是极容易的事。不过你们庄子里养了这种恶狗，白昼放出来咬人，还想归咎于我，说我不应该打，我无论如何不能认这个错。'老头笑道：'不能教人立着不动，送给狗咬，怎能归咎你不应该打呢？这只怪他们不懂礼节，又不懂人情。且请你将人和狗救转来，我还有话向你说。’后生欣然点头，走到躺地汉子身边，一弯腰捉住汉子两脚倒提起来，和烂醉的人一样，浑身绵软，似乎一点知觉没有。后生将两手拌动几下，仍放下来伸手在汉子肋下一扭，扭得“哎呀”一声，即时如梦初醒，睁眼向四周望了一转，托地跳起来，指着后生对老头说道：‘师傅，看这王八蛋把三条狗都打死了，非教他偿命不可。’

“老头儿厉声叱道：‘休得胡言乱语，你知道是打死了吗！’叱得这汉子不敢作声了。转脸又向那七八个手操兵器的大汉叱道：‘还不快给我滚进去，都站在这里现世。’那些大汉被叱得满面羞惭，一齐奔进庄子里去了。我估量这老头也不是寻常人物，既经遇着，岂可失之交臂。遂整衣上前施礼，请问他的姓氏，老头拱了拱手，指着地下的狗对我说道：‘等这狗救转来了，一同请到庄子里指教指教。’只看那后生毫不费事的样子，在每条狗身上踢了一脚，狗即随脚而起，低头亸尾地走开了。老头向门里叫了个汉子出来，替后生把豆腐担挑进去，然后让后生和我进庄子。

“这庄子的房屋不小，进门经过一处方形的土坪，两旁排列着刀枪架，架上有种种的兵器，一望而知这土坪是练武所在。土坪尽头处，才是三开间的房屋。看房中的陈设，可知是个务农之家。老头让我和后生在东首一间房里坐下，说道：‘我并非这里的主人，我是流落在此地，承这里的主人赏识，留我在这里，给碗闲饭我吃了，教我陪着他家的子弟练练武功。我原不懂得什么武艺，又加以年老血气衰颓，只好借此骗碗饭吃罢了。难得今日无意中遇着两位英雄豪杰之士，真是三生有幸。这里的主人拜客去了，一会儿工夫就得回来。他也是一个欢喜结交的，请两位多坐一会儿，等他回来了，我还有事奉求。’后生问道：‘我还没有请教老丈和此间主人的尊姓大名？’老头答道：‘说起来见笑，我的姓名，已有四五十年不用了。十年前皈依我佛的时候，承雪门恩师赐了慧海两个字。原来认识我的人，都呼我为在家的老和尚，其实我历来无家，却又不能出家了，只是一个老怪物罢了。听两位说话，都不是本地方口音。请问两位因何到此乡僻之处来了?’后生答道：‘我是湖北襄阳人，也是流落在此地，只得做做小贩生意糊口。’老头似不在意地听了，掉转脸来问我。我知道后生所说流落的话是假，但我也不愿意说出真话来，随口报了个姓名，并胡诌了几句来历。老头略沉吟了一下，问后生道：‘你是襄阳人，知道有一个叫黄花镇的地名吗?’后生忽然怔了一怔，说道：‘我就是住在黄花镇的人。老丈曾到过那地方吗?’老头含笑点头道：‘离黄花镇不远有个柳仙祠，还有个药王庙。你家既住在那里，这两处地方，应该都去玩耍过?’后生道：‘那地方是常去玩耍的。’老头又问道：‘那药王庙里的沈师傅呢?你知道他老人家此刻还康健吗?”后生听了，望着老头出神道：‘老丈也认识沈师傅吗?’老头笑道：‘论班辈，他老人家还是我的师叔，如何不认识?’后生至此，连忙立起身来，恭恭敬敬地向老头叩拜道：‘沈师傅便是我的恩师。’老头也慌忙立起身拉住那后生，笑道：‘你原来就是朱家的公子吗，得名师传授，果是不凡，才几年工夫，就有这般成就，佩服，佩服。’从此他们一老一少所谈论的言语，我因不知底细，听了也摸不着头脑。但是可以听得出老头的能耐，比后生还要高强多少倍。时见后生很诚恳地求教。约坐谈了一个时辰，我曾两次作辞，被老头留住不放。

“又过了一会儿，有一个人进房报道：‘少爷拜客回来了。’老头挥手，说道：‘有稀客在这里等过多久了，去请少爷快来。’来人应声而去，即有一个面如冠玉的少年跨进房来，口里向老头呼了声师傅。老头起身指着后生对少年笑道：‘这是赵承规公子，沈栖霞师傅的高足。难得有机缘在这里遇着，快过来拜见拜见。’我听了不由得心中疑惑，刚才分明听得老头说道：这后生是朱家的公子，怎么一会儿又说是赵承规公子呢。但是我心头虽然疑惑，却不便向他们盘问。少年很亲热地拜见之后，老头又给我介绍见面。

“这少年姓鲁，单名一个平字，好像他父亲是个京官，此刻已经去世了。我陪着坐了些时，一则因他们有世谊，我是过路之人，久坐在那里，使他们谈话不便；二则我心里时刻惦记关帝庙的醉人，猜度他必差不多睡醒了，想去见面探问一番，遂勉强作辞出来。老头和赵、鲁两少年都送别到门外，老头忽然皱着双眉伸手给我握着，说道：‘老哥气色不大开朗，凡事以谨慎为上。我知道老哥是个有作有为的好汉，万一此后有什么为难的事，请过来与我商量，我能为力的，必当尽力。’我只得道谢走了。我心想：这老头无端对我说出这些话，是什么用意？我思索了好一会儿才明白了。因为老头自己说流落在这地方，后来赵公子也说是流落在此，我既不愿说实话，也只好说是流落。老头必是不知道我是随口说的，以为我真是流落无依，所以此后有为难的事，可去与他商量，他必尽力。我想来不觉好笑。”

郑时听到这里，忽向他问道：“那么你从那边走出以后，也曾会到关帝庙的醉人没有呢？”不知张文祥怎生回答？且待下回再说。

第十二回

夺饭碗老英雄逞奇能
造文书马巡抚设毒计

话说张文祥听郑时向他问这句话，忙回答道："二哥，别忙，我会慢慢地讲下去呢。我从那边走出以后，走到左近的人家一打听，才知道鲁家原是山东的大族，族中读书发迹了，在外省做官的人不少，家中还是务农为业。合族有二三百男丁，个个都会些武艺。老头到鲁家教武的来由，我也打听着了。在三年前，鲁家庄子里共请了四个武教师，两个文教师，分教族中子弟读书练武。老头装作游学的模样，到了鲁家，正遇着四个武教师，分作四处教鲁家子弟练武。众子弟当中有一个年纪最轻、容貌最好，武艺也练得最精的，就是鲁平。老头看了赞不绝口。

"鲁平生成的聪慧绝伦，见老头岸然道貌，又称赞他的功夫，料知必是个行家，当下就把老头请进庄子里去。两下一谈论，老头也不客气，直说：'少爷的天资极好，无论学什么都可望大成，只是不经高人指点，功夫是不能成就的。即如你此刻所学的，不过是一些花拳绣腿，耍的时候好看，实用是丝毫没有的。'鲁平这时虽逆料老头是个行家，但是究竟年纪太轻，没有多大的见识，听了老头的话，不由得有些不服道：'我初练的拳脚，自然不能实，老先生不曾见过我家几个教师的武艺，都是山东有大名头的，不能不算是高人。'老头笑道：'这也算高人，那也算高人，高人也就太多而不足贵了。我是个游学的，也不懂什么武艺，更不借着教武艺骗饭吃。只因在各地游历了若干年，还不曾见过有天资像你这般好的。好师傅果然是难得，好徒弟也是一般的踏破铁鞋无觅处。像你有这么好的天资，使我看了不能不欣羡，所以不客气和你直说。府上四位教师的手脚，我一见已知大概，教你府上那些子弟，是无妨碍的，教你就实在可惜了。’

“老头在房里和鲁平谈话，不防四个教师都躲在门外偷听，老头的话，一句也听得了。当下哪里再忍耐得住，四教师在一块商量着，要和老头比赛。四人的年纪都只四十多岁，正在精壮的时候，哪里把这老头看在眼里。商量妥了，即一同进房和鲁平说道：‘我们本来练的武艺都是些花拳绣腿，只能骗碗饭吃。于今有这位老师傅到了，我们应当知趣，自行告退。不过我们从小练起功夫，几十年来没有见过高人，不知道高人是怎生模样？这位老师傅开口高人，闭口高人，想必他就是一个高人，我们也是有缘才得遇着，倒要请求他指教指教。我们原是些专骗饭吃的人，便是被老师傅打死了，也算不得什么，就请少爷做个凭证人。我们倘被老师傅打死了，只算我们命短，各自的家属来领尸安埋。万一老师傅因多了几岁年纪，一时头昏跌倒了，就此中风中痰，不省人事，也不能怪我们的手脚无情。少爷以为我们这话怎么样？’

“鲁平还没有回答，老头已立起身来，说道：‘你们的本领真不差，胆量更是了不得，我委实五体投地地佩服。只可惜我是个游学的老头，不是个卖武的壮士，你们不要会错了意，我不是和你们争夺饭碗的，无端要与我拼命干什么呢？’鲁平也从中调解说道：‘这位老先生是读书人，他与我闲谈，不干你们的事，劝大家不要认真吧。’教师奋臂嚷道：‘他对少爷说的话虽不中听，然也还罢了。刚才这一番话，简直比打了我们还厉害。这老东西把我们当人吗，我们不与他见过高下，就死也不甘心。他不能拿年老来推托，他活到几十岁，是吃饭的呢，还是吃屎的？若是吃屎长大的，我们可把他当个狗畜生，就乱咬人也不与他计较。如果也是和人一般吃饭的，便不能许他胡乱骂人。少爷倘怕遭连累，我们可到野外去，先把窟窿掘好，谁死了就埋谁。’鲁平见四个教师都横眉怒目凶恶异常。年轻的人遇了这种时候，不知要如何劝解才好。

“老头却从容自若地坐下来，笑道：‘我倒想不到你们有这么厉害。也罢，生死都有一定的，古语所谓：阎王注定三更死，谁敢留人到五更。不过我须问你几位教师：你们打算怎生比赛法？这是得于未动手之前说明的。’其中有个教师说道：‘听凭你要怎生比赛，就怎生比赛，我们随便。’老头点头道：‘你可以随便。这三位呢？你们也可以随便吗？’三人同时答道：‘我们都随便，你且说出一个比赛的法子来。’老头踌躇了片刻，说道：‘我是诚如你们所说的，多了几岁年纪，走路走得太多了些，就不免头昏眼花，腿酸腰痛，若和人动手相打，时间不久，或者还可以勉强支持。你们四个人，大概打了这个，不打那个，是不甘心的，一个一个地打起来，实在太麻烦。真个把我弄得头昏跌倒了，发起痰厥来，我死不要紧，于你们的名声不大好听，旁人一定要骂你们欺负年老人，四人用车轮战法。依我的意思，不如到门外大草场去，将你们所有的徒弟，都叫出来围成一个大圈子，将我们五个人围在当中。我在正中间立着，你四人分四角立着，同时动手。也不必真要打得不能动弹，跌倒了就算输。若动手之后，自信敌不过，只要跳出圈子就算认输了，不能追赶着打，你们看这种比赛法行也不行？’教师冷笑道：‘我们真不上你这老东西的当。你以为是这么打，便是你打输了，也不能骂你无能，是我们倚仗人多欺负你，你是不是这般用心？哈哈，你倒生得乖，其如我不呆？你到底有什么飞天的本领，敢教我们四个人围住动手？’老头大笑道：‘这就使我有口难分了，我因问过了你们，你们都说随便。我才想出这妥当的方法来，你们却又多心。也好，你们既不肯一齐动手，就是一个一个来吧。去什么地方打呢？’鲁平也想看看热闹，便说道：‘还是门外草场上宽展好打。’此时在旁外偷听的，有几十人，都是鲁家练武的弟子，见说游学的老头，就要去草场上和四个教师比赛，顿时喜得各人分头四处送信。顷刻之间，鲁家二三百名男丁都齐集在门外草场上，已围成了一个好大的圈子。鲁平陪着老头和四个教师一同出来。

“四个教师到这时候，看老头的神色自若，就好像毫不在意的样子，也就知道老头自信没有惊人的本领，料不至无端拿他自己的老性命当儿戏，觉得就这么冒昧动手，恐怕反上老头的当，四人又背着人商量了一会儿。即由那年老些儿的教师，当众开口向老头说道：‘我有一句要紧的话，须在未动手以前说明。我们和老师傅都是未曾见过面的，彼此都不知道身家履历。老师傅练的武艺，是什么家教，我们未领教过，果然不知道。就是我们也没在老师傅跟前献过丑，老师傅也未必知道。总而言之，我们想请教老师傅的是武艺，不请教老师的法术。老师傅便有高妙的法术，也不能使用出来，我们也只凭硬功夫见个高下，不知老师傅的意思怎样？如果要用法术，也不妨明说出来我们也好拿法术来领教。’

“老头儿听了，笑道：‘原来你们还会法术，我是只会两下硬功夫，不懂得什么法术。’教师见老头说只会硬功夫，很高兴似的说道：‘只会硬功夫就好办了。’随后转过脸向鲁平道：‘请少爷和诸位旁观的作个见证，有谁用邪术取胜的，便算谁没有武艺。’旁观的人都是四教师的徒弟，自然都帮助师傅说话，各人巴不得各人的师傅打胜，当下大家同声应是。

“众人分开来，让老头和四教师走到圈子中间。先由四人中推出一个，与老头动手，教师的拳脚打过去，只见老头的身体微微转动，教师的拳脚，不知不觉地下下落了空，拳也打不着，脚也踢不着，只累得一身大汗，不但没有沾着老头的身体，连宽大的衣服都沾不着。立在旁边等做轮流交手的三个教师，至此已忍耐不住了，也顾不得他们自己刚才所说的大话，就一拥上前，单对老头要害之处下手。三人不上倒也罢了，老头不过和那教师开玩笑似的盘旋着，三人一上前，老头便变换身法了。只见他两大袖飘飘飞舞，如蝴蝶穿花一般地，绕着四个教师，穿过来梭过去，忽高忽低，忽徐忽急。四个教师分明看见他走身边擦过，等到一拳打去，却又打了一个空，他早已穿走那边去了，是这般穿了一阵，只穿得四个教师头昏眼花，立脚不住，不待老头动手，一个个往草地下蹲，不敢提步。但又恐怕老头打他们，各举双手护住头，开口大声告饶。老头即时停步，不喘气，不红脸，就和没有这回事的一样。四个教师哪里敢再说半句不服气的话，各自抢夺行李悄悄地走了。老头从此就在鲁家，鲁家的子弟都跟着他练习拳棒。地方上人说，只有鲁平的武艺得了老头的真传，其余的鲁家子弟，不过得些粗浅的功夫罢了。”

郑时听了，叹着气说道：“这老头儿本领，确是了不得，只是他这种行为，我倒不敢恭维。常言：鹭鸶不吃鹭鸶肉。那四个教师，一般地拿着拳棒功夫教人糊口，功夫好也罢，不好也罢，只要鲁家的人不嫌弃，与别人有何相干？无端地去打人家，赶人家走开做什么。强中更有强中手，不见得老头儿武艺，便是天下无敌。若再有一个高手出来，将老头打跑，想必老头也觉难堪。”张文祥道：“打教师拆台的举动，我也是不敢恭维的。不过这回的事，论情理却不能怪老头有意夺人家饭碗，只能怪四个教师欺他衰老，不度德，不量力，定要找着他打，教他没有推辞的方法。”

柳无非在旁听了，笑道：“我虽是没头没脑地听着，只是我一设想四个教师与老头相打的情形，就不由得也有些头昏眼花似的，难怪四个教师就往草地蹲下来。不过我不明白那老头是什么妖精变化出来的？他自己为什么头也不昏，眼也不花呢？”张文祥笑道：“哪里是妖精变化出来的，他平日练的是这种功夫罢了。”郑时问道：“有这么一种穿来穿去的功夫吗？”张文祥点头道：“怎么没有，我听说，有一种功夫，名叫八卦游身掌，练这种八卦游身掌的，就是专练老头这般身法。平时整年不断地按着八卦线走圈子了，翻过来覆过去，每日转个无数。再插九根竹竿在地下，每根相离尺来远，将身体在竹竿缝里穿来穿去，不可挨着竹竿。是这么穿个若干年，自然能穿得和游鱼一样，哪有头昏眼花的时候呢?”柳无非笑道：“身体太胖了的人，若教他是这么穿起来走起来，想情形倒是好看得很。”说得柳无仪、张文祥都笑起来了。唯有郑时翻眼望了柳无非姊妹一下，即低头仍看在书上。

柳无非当即走近郑时身边，很亲切地说道：“你整日手不释卷，学问虽是可以求好，只是把身体弄坏了，却怎么好呢？刚才六姊还对我说：‘大人说你好学是不可及的。’不过全不去外面走动走动，尽管坐在西花厅里看书，只怕倒把身体弄坏了，将来为国家出力的时候，精神倒衰颓不堪繁剧了，岂不可惜？教我劝你半日读书，半日去外边遛遛腿。”郑时听了这派假话，想起方才在窗眼里所见所闻的情形，不觉如滚油煎心，但郑时是个深沉不露的人，这样险事，如何敢现诸形色？勉强振作起精神，抬头望着柳无非笑道：“这地方几条街道，我一到就都走遍了，丝毫没有什么可看的东西。有时街上人多了，避开这个，又要让那个，倒累出我一身汗，哪有好清净所在给我走动呢，反不如坐在这里看书的自在些。”

说时，见张文祥待转身回他自己房里去，即呼着三弟，说道：“你的话不曾说完，就被她姊妹几句笑语打断话头了。你接着说下去吧，那醉酒的异人又是怎样？他究竟醒了没有？你会见他没有？”张文祥转身，笑道：“说起来也是我的缘法不好。因为在鲁家坐的时候太久，出来又为打听鲁家的事，耽搁了些时，待我回到关帝庙时，大门旁边已不见那异人的踪影了。找着庙祝问时，庙祝很不耐烦似的说道：‘谁留心看管他，既不在大门口，自然是到庙外去了。’我复到大门口，寻那酒葫芦和旱烟管都不见，料知不在庙里。暗想：去寻找他，不知道他出门的方向，寻找也是寻找不着的。

若我和他合该有缘见面，总有相会的时候。无缘就见着面也不能攀谈。因此一念，便回衙门来了。”郑时听了没话说。

从这日起，郑时因在家见了柳无非，心里就不免触动在上房窗外所见闻的事。心里想到那里，面上要完全不露出一些儿不愉快的神气，还得和平时一样对柳无非亲热，是很难办到的事。不如就借着柳无非劝他去外边遛遛腿的话，每日吃了早点，就跟着张文祥同到外边闲走。张文祥也是个很机灵的人，见郑时近日来的神情大异平时，每于无意中叹息，已看出是有心事的样子，但张文祥心里以为郑时是胸怀大志的人，于今千里依人，尚无立足之地，不免心中不快。想不到其中有这些龌龊之事。即思量些言语，安慰郑时道：“二哥时常拿官场中谋差事为难的情形来安慰我，怎么自己倒现出焦急的神气出来呢?”

郑时怔了一怔，问道：“三弟何以见得我为谋差事为难焦急?”张文祥笑道：“我又不是老四那样的呆子，和二哥在一块儿厮混这么多年了，性情举动，如何会不知道呢。二哥平日遇着为难的事，不问为难到什么地步，从来不曾见二哥悄悄地叹息过。这几天同在外面闲行，二哥不知不觉地叹出气来，一声一声地都入了我的耳，二哥的心思到底怎么样？若是已看出这地方再住下去，也没多大的出息，我兄弟何妨另寻生路。”郑时摇头道：“我没有这样心思，但是我心里近来确有不大快活的事。我们亲兄弟一般的人，原可以和你商量，不过依我的见解，和你商量不仅没有好处，你的脾气不好，说不定还要商量出乱子来，我此刻正在思量妥当的方法。有了方法，再和你说不迟。”张文祥道：“这才奇了，我跟二哥十多年了，何尝有过一次芝麻大小的事，不听二哥的吩咐，由我自己任性的事，以至二哥怪我脾气不好，不肯和我商量。”郑时见张文祥发急，连忙申辩道：“三弟不要误会了，我是因为这事就和你商量也没有用处，只在明后日我必有办法。难道你还不知道我的性情吗?”张文祥见郑时不肯说出心事，也不好再说了。

这夜三更时分，郑、张二人都已深入睡乡了。忽听得春喜敲着房门，说道："请郑姑老爷起来，有要紧的话说。"郑时从梦中惊醒，开了房门，刚待问有什么要紧的话，春喜已走过那边敲张文祥的房门去了。郑时遂走到张文祥房里，只听春喜神色惊慌地说道："请两位姑老爷就去。"郑时看春喜低着声音说话，唯恐怕人听得的样子，料知不是好事。当即回房整理身上衣服，带着张文祥，跟随春喜同到内签押房来，这房是马新贻机密办公事之所，外人不能进去的。走到房里一看，只见马新贻和施星标两人对坐着。两人都现出忧愁的脸色。房中摆了一桌酒席，四双杯箸，马新贻见郑、张二人进房，即起身带着一点儿笑意，说道："近来公事略忙些，简直没工夫和两位老弟谈话，只得在这时候，胡乱弄几样酒菜，我们大家叙一叙。"郑时慌忙谦谢。张文祥心想：做官人的举动，真是荒谬绝伦，他一时高兴，就不顾人家已经睡了，也是半夜三更捶门打户的将人闹起来。春喜那鬼丫头，并做出那惊慌失色的样子，险些儿把人家的魂都吓掉了。却原来是胡乱弄了几样酒菜，请人家来吃喝，真是笑话。马新贻自己据了上座，教三人分三方坐了。并不用人伺候，就是施星标亲自提壶斟酒。

各人饮了几杯，马新贻忽蹙着眉头对郑时说道："大约二弟也猜不出我在这时分请三位到这里来的意思，世间事真叫人难料，方才到了一件公文，我给二弟瞧瞧，就知道了。"说着从袖中摸出一封公文来，顺手递给郑时。郑时先看了看封套，然后抽出里面看了一遍，从容自若地仍旧套上，双手奉还马新贻。马新贻苦着脸说道："他们怎么会知道二弟到了山东呢，这公文一来，真教我难了。素知二弟是个足智多谋的人，所以特地来请你看，看这事应该如何对付。我们自己人，什么话都好说，用不着客气。"郑时道："这有什么不好对付，这公文上面分明说了：或拿着押解去四川，以了如山积案。或因路远恐怕中途疏忽，便拿住就地正法。好在我现在此地，两条办法，听凭大哥行一条就是，我看最好还是就地正法。”马新贻做出不愿意的样子，说道：“我若是这般存心，也用不着请二弟来了，不可见外，且另想个方法，待我思量。”郑时道：“那么，就求大哥给我一点儿盘缠，放我自寻生路去。回文只说访查无着便了。”马新贻沉吟了半晌，点头道：“大概以用这方法对付为最妥当吧，你我相聚无多时了，且多饮两杯，这事搁下不必谈了。”郑时表面做出从容样子，心里直和刀刮一般，哪里还能多饮。张文祥虽不曾见着公文，但听马、郑二人所谈的话，已明白不是好消息了。施星标自然也不快活，当夜不欢而散。

张文祥一到西花厅，即拉住郑时，问道：“我看那公文封套上的字，好像是四川总督衙门里来的，是特地行文来拿办我们的吗?”郑时点头道：“与你无干，公文上只有我一个人的姓名，这一着我早几日就想到了。”张文祥惊道：“公文还没有来，你就想到了吗？却为什么不打算早走呢?”郑时长叹了一声道：“人心难测，像这样的人心世道，我实在不高兴再活在这世上做人的。”张文祥急道：“二哥这话怎么讲？是这般半吞半吐的，简直要把我急死了，求二哥爽直些说给我听吧。”不知郑时如何回答？且待下回再说。

第十三回

赠盘缠居心施毒计
追包袱无意脱樊笼

话说郑时听了张文祥发急的话，翻起两眼望着张文祥的脸，出神了半晌，才一把挽了张文祥的手，走出花厅，到一处僻静所在，低声说道：“你以为这公文果是从四川总督衙门里来的吗?”张文祥惊问道：“难道公文也可以假造的吗?”郑时叹道：“人心难测，你只想想：你我两人在四川的声名，究竟谁的大些?”张文祥道：“一切的事都是由我出面做的居多，知道我的人，自比知道二哥的多些。”郑时道：“好嘛。这公文里面，只有我一个人的名字，别人和老四都没有提起。老四到山东的时日比我久，何以四川总督就只知道有我呢?”张文祥道：“我心里也正是这么想，然则这公文毕竟是怎么来的呢?”郑时仍是叹气摇头道：“人心难测，我不愿意说，说起来你也怄气，我更怄气。你的性子素来不能忍耐，甚至还要闹出很大的乱子来。”

张文祥急得跺脚道：“二哥简直不把我当人了吗？我跟二哥这么多年，出生入死的也干了不少的事，何时因性子不能忍耐闹过事？这几日我看二哥的神气，大异寻常，好像有很重大的心事一样，我几次想问，都因二哥说旁的话岔开了。于今忽出了这桩意外的事，二哥还不肯对我实说，不是简直不把我当人吗?”郑时握住张文祥的手道：“你不用着急，我仔细思量，这事终不能不向你说，我悔当日不听你的话，胡乱娶了柳氏姊妹同来，以致有今日的事。你以为马新贻这东西是一个人吗？说出来你不可气愤，柳氏姊妹都被马新贻这禽兽奸通了。”郑时说到这里，觉得张文祥的手，已气得发起抖来，即接着劝道：“这事你就气死，也是白死了，且耐着性子听我说完了，再商量对付吧。”

遂将那日在正房窗外所闻见的情形，继续述了一遍道：“像这样来路不正的女子，我也明知道是靠不住的，我只因平生好色贪淫，每遇女色，就不由得糊涂不计利害了。我受报是应该的，毫不怨恨。只可惜你一个铁铮铮的汉子，平时视女色如蛇蝎的，也为我牵累，怄此龌龊之气了，我心里甚为不安。”

张文祥道：“二哥何必说这样客气话。我细细想来，倒不觉得怄气。我与柳无仪名虽夫妇，实在和邻居差不多。我一则因她是柳儒卿的女儿，她不知道我是张文祥，不妨和我做夫妻，若将来知道了，她念父仇，则夫妻成为仇敌，我送了性命还是遭人唾骂。若她竟因私情把父仇忘了，则这种妇人的天性凉薄可想，我如何能认她为妻室呢？我既明知是这般配合的夫妇，万不可能偕老，又何必玷污她的清白，以增加她愤恨之心呢？二则因我练的武艺，不宜近女色。当日为二哥与无非已结了不解之缘，使我不得不勉强迁就，然直到如今，彼此都不曾沾着皮肉。二哥前日既劝我那些言语，大约我对无仪的情形，也可以推测得几分了。原不过挂名的夫妻，管她贞节也好，不贞节也好，我越想越觉得犯不着怄气。还得劝二哥不要把这事放在心上，只思量将如何离开这禽兽下流之地。”

郑时点了点头道：“三弟真是个有为有守的人，愧我在读诗书，自谓经纶满腹，真是一个又聋又瞎的人。你我相交十多年，到今日才知道你有这般操守，我不成了个瞎子吗？你当日在船上说的话，我不能听从，不是个聋子吗？我自从那日在上房窗外看见了那种禽兽行为之后，就无日不思量离开此地，只因一时想不出相安的去处，所以迟疑不能决。想不到马新贻就有今夜这番的举动，他是这么一来，我倒不能悄悄地偷走了。”张文祥道：“原来的情形既是如此，那么淫贼今夜这番举动，其本意不待说便是打算借此将二哥和我撵跑，所以刚才他已露出放二哥逃走的意思来。我们到了今日，难道在此还有什么留恋。只看二哥的意思，就是这么不顾而去呢？还是想警戒这淫贼一番再走？打算如何警戒他，我都可以包办。”

郑时道：“警戒他的举动，尽可不必。这种不体面的事，我们极力掩饰，还恐掩饰不了，岂可再闹出些花样来，自己挑拨得给外人知道。我若不为想顾全这点儿体面，早已离开这里了。于今四川总督的公文，在我自己可以断定是假的，而外人不明白这里面实在情形的，决不会猜疑到假字上去。我若在此时悄悄地逃走，将来绿林中朋友，必骂我不是汉子，只顾自己贪生畏死，不顾结拜兄弟为难，没有义气。”张文祥愤然说道：“谁还认这人面兽心的东西做结拜兄弟。”郑时道：“这却不然。你我心里尽可不认他，口里不能向人说出一个所以然来，没有趣味。我当日不杀他，反和他结义，并用种种方法，使他功成名就，原想今日借他一点儿力量，开你我一条上进之路。我平生不倚靠旁人，倒也轰轰烈烈地干了半世，谁知一动了倚靠旁人的念头，就没有一件适心遂意的事了。不但凡事都不顺手，连心思都觉不如从前灵敏了。”

张文祥道：“没有志气的人，每遇失意的时候，多喜说颓丧厌世的话，二哥怎么也说出这些话来了呢？依我看来，这公文算不了一回事，既决计走就走他娘的，管什么人家骂不骂。绿林中人巴结官府想做官，就是应该挨骂的了，我因不愿意再与那人面兽心的东西见面，趁今夜悄悄地走了完事。且看他们这般狗男女，究竟能快乐多久。”郑时摇头道：“此时已是半夜，离天明不久了，待走向哪里去，休说我不能和你一样穿檐越脊，如履平地。即算我有你一般的能耐，也不情愿悄悄地偷走。你是与那公文无干的人，趁这时就走，倒是上策。”张文祥叹道：“我若肯抛下二哥，一个人逃走，岂待今日。二哥既是存心要来得光明，去得正大，我也只好听凭二哥。”

二人正在说话，忽听得施星标的声音，二哥二哥地一路从里面叫了出来。郑时连忙答应。二人回身走到西花厅，只见施星标一手擎烛，一手托着一包似乎很沉重的东西，愁眉不展地向郑时唉声说道：“真是天有不测之风云，人有旦夕之祸福。我简直做梦也想不到忽然会有这么一回事。”张文祥接声叹了一口气，正待答话，郑时原是和他握手同行的，赶紧捏了张文祥一把，抢着答道：“公文虽是这么来，好在有大哥这般的靠山，还怕什么。不过累得大哥为我的事麻烦担风险，我心里终觉有些不安罢了，于今是大哥教四弟来有什么话说吗？”施星标一面将手中的包儿递给郑时，一面说道：“大哥口里虽不曾说什么，只是我看他脸色神气，也有很为二哥这事着急的样子。这包裹是大哥交我送给二哥的盘缠纹银二百两。大哥说，他还有要紧的话和二哥说，奈院里不便说话，教二哥且到鸿兴客栈里停留半日再走，他改装悄悄地前来相会。”张文祥忍不住问道：“与其白天改装到鸿兴客栈去说话，何妨此时到这里来，或教二哥到签押房去呢。”施星标道：“三哥不知道大哥为这事担着多大的干系，必然是因在这里说话，有多少不便之处，所以宁可改装到鸿兴客栈去。”这时郑时因伸手接那银包，不曾握着张文祥的手，听张文祥这么说，很着急地抢着说道：“大哥思虑周密，不会有差错的，我本当即时上去道谢，只因此时夜已深了，大哥白天事多，恐怕扰了他的清睡。不过得托四弟转达几句话：公文上既只有我一个人的名字，只我一人避开，便可无事，家眷不宜与我同走，我并不向内人说明。我将内人寄在大哥这里，千万求大哥照顾。”张文祥见郑时到这时候还说这种言语，不由得义愤填膺，哪里忍耐得住呢，逞口而出地说道：“这何待二哥嘱托，公文上虽没有我的名字，然二哥既不在这里，我还在这里做什么，无论去什么所在，我始终跟着二哥走便了。”

这几句话，只急得郑时不知要如何掩饰才好，幸喜施星标为人老实，听不出张文祥的语意来。也接着说道：“三哥的话不错，我们都是自家兄弟，二嫂留在这里，何待二哥嘱托照顾呢。难道大哥还好意思不当自家的弟媳妇看待吗?”张文祥又待开口，郑时连忙截住，说道：“话虽如此，我拜托总是应该拜托的。四弟上去回大哥的话，请顺便说三弟为人疏散惯了，在此地打扰了这么久，于今也想到别的地方走走。不待说他的家眷也是要寄居这里的。”施星标道：“公文里面既没有三哥的名字，三哥走什么咧?”张文祥道：“定要公文中有名字才好走吗？等到那时，只怕已经迟了呢。”郑时唯恐张文祥再说出什么话来，急将手中银包交给张文祥道：“三弟不要说这些闲言杂语，且把这银子收起来吧。我两人的盘缠都在这里，搁在你的身边妥当些。”这么一来，才将张文祥的话头打断了。好在施星标是个心粗气浮的人，听了也不在意，当下就回身复命去了。

郑时见施星标已去，便跺脚埋怨张文祥道：“我的性命，只怕就断送在你这些话上头。”张文祥吃惊问道：“这话怎么讲?”郑时道：“你听人说过强盗出于赌博，人命出于奸情这两句古语吗？寻常和人女子通奸，给女子的丈夫知道了，尚且多有谋杀亲夫的举动。何况一个官居极品，一个有罪名可借的呢？我就处处做作得使他不疑心我已识破，还愁他不肯放我过去，故意发出言语来使他知道，还了得吗?”张文祥愤然说道：“二哥不要是这般前怕狼后怕虎，为人生有定时，死有定地，杀了头，也不过一个碗大的疤。他不要二哥的命便罢，他要了二哥的命，我若不能要他的命，算我不是个人。”郑时急忙掩住他的口，说道：“我之所以不早向你说，就是为你的性子不好，怕你胡闹。你要知道，我们此刻不能和在四川的时候比了。便是在四川，手下有那么多兄弟，也只能与不成才的县府官为难，司道以上，就不容易惹动他了。于今你我都是赤手空拳，常言：单丝不成线，独木不成林。一轻举妄动，便是自送性命，于事情无益，反遭了骂名。”

张文祥听了这些话，心里益发怄气，只口里懒得辩论。这夜二人等到天明发晓，就不动声色地走出了巡抚部院。张文祥道：“我们何不就此出城走他娘的，还去鸿兴客栈做什么呢?”郑时道：“不然。我原是不打算偷逃，才等到今日，早走本十分容易，已到今日，他若没有杀害我的心思，我用不着逃走。有心杀害我，岂容我一个人单身逃走?”张文祥没得话说，跟着走到鸿兴客栈。郑时与张文祥商议道：“我仔细想来，你我命里，于妻、财、子、禄都是无缘。亏得当日经营了一个红莲寺，从此只好出家不问世事。我在这里等着，你去街上买两件随身换洗的衣服，和长行人应带的雨具之类，马新贻来过之后，我们便好登程。”张文祥应着：“是”，带了银两出来，匆匆忙忙买了些东西，连同银两做一个包袱捆了。忽然觉得有些心惊肉跳，不敢多耽搁，回头向鸿兴客栈这条街上走来。

离鸿兴客栈还有半里远近，陡见前面有无数的人，如潮涌一般地奔来，少壮的争先恐后，将老弱的挤倒在地，背后的人又拥上了，就在老弱的身上踏践过去。只挤得呼号哭叫，顿时显得纷乱不堪。张文祥看那些人面上，都露出一种惊疑的神气。心里正想扯住一个年老些儿的人，问他们为什么这般惊慌逃跑。那些人跑得真快，一霎眼就拥到跟前来了。张文祥向旁边一闪，打算让在前面的几个少壮男子冲过去，再扯住年老的问话。谁知这一闪却闪坏了，脚便还不曾踏稳，猛觉有一个人向胳膊上撞来。这一下撞得不轻，只撞得张文祥头脑一昏，被撞的胳膊，痛得与挨了一铁锤相似，两脚站立不住，一翻身就栽倒了。张文祥心想：这东西好厉害，哪来的这么大的气力，竟能将我撞成这个样子。会武艺的人毕竟不同，便是躺下了也比寻常人起来得快些，张文祥正待奋身跃起，就觉有人将他的胳膊挽住，往上一提，说道：“对不起，对不起!”张文祥乘势跳起身来看时，仿佛是很面熟的一个人，已撇开手上前挤去了。

张文祥陡觉背上轻了，反手一摸，不见了包袱，不由得着惊，暗想道：“难道连缠在背上的包袱都撞掉了吗？”再回头向地下寻找，哪里有什么包袱呢，随口骂道：“将我撞倒的那个东西，一定是个剪绺的贼。怪道他那么重地撞我一下，原来是有意来偷我包袱的。这包袱是我兄弟逃命的盘缠，由你偷去了就是吗？怪道他挽住我的胳膊，把我提了起来，若不然也取我背上的包袱不住。”一面骂着，一面不迟疑地折身追赶，喜得那人还走得不远。分明看见他一手提了那个包袱，向前跑几步又回头望望，好像看失包袱的追来没有追来的神气。只是张文祥走街边追赶，那人只回头看街心的人，眼光不曾做到张文祥身上，张文祥气得胸脯几乎破裂了，暗骂：你这不睁眼的小贼，怎么剪绺会剪到我身上来了呢。紧追了几步，忍不住旋追旋喊道：“哇，你抢了我的包袱，打算跑到哪里去？你若是知趣的，赶紧退我还没事，定要我追上，就休怪我不饶你啊。”张文祥不是这么喊，便也罢了，那人跑得并不快，且不断地回头，要追上还不容易些，这几句话一喊出来，那人听得回头望张文祥一眼，两脚顿时和打鼓的一样，急急地跑起来了，似乎嫌包袱提在手中不好畅所欲跑，边跑边将包袱照样缠在背上，这种气教张文祥如何能受，也就尽力量追上去。两人的脚步都迅捷如风，顷刻便追到了城外，张文祥只是追赶不上。又追赶了一会儿，看见前面有一个庙宇。张文祥心里才忽然想起来了，原来这个抢包袱的人，便是在那日在街上遇见用胸膛抵住骡车不许过去的异人。因那日这人的酒已喝得酩酊大醉，神情态度与今日大不相同，所以见面但觉面熟。加以心中有事，一时竟想不起来。此时看见了关帝庙，才将那日的事触发了。张文祥既想起了抢包袱的就是那异人，心里倒不着急了，也不觉气愤了。因为料想有这般大本领的人，绝不至存心抢人的包袱，是这般举动，必有缘故。再看这人果然背着包袱，跑进关帝庙里去了。

张文祥跟进庙门，只见这人已将包袱就庙门旁边的地下打开来，取了一件新买的衣披在身上，一摇一摆地，低头打量称身与否，见张文祥走来，也不理会。张文祥在江湖上混了多年，遇了这种异人，自然不敢怠慢，当即上前作了个揖，说道：“前日从某处追随老丈到这里，原是要听候指教的，因不敢扰了老丈的酣睡，以为在别处盘桓一会儿再来，老丈必已睡足了。谁知在别处略耽搁了些时，回头来老丈已酒醒出去了。今日难得老丈肯这么赏脸，特地把我引到这里来，请问有什么见教之处?”这人抬头看了看张文祥，做了不认识的样子，说道：“你认识我吗，你既认识我，怎么骂我是剪绺的小贼呢?”张文祥笑道：“那是我的两只肉眼不争气，因为与老丈亲近的时候太少，突然于无意中遇着，一时想不起来。请问老丈，刚才那许多人，为什么都惊慌逃跑?”

这人说道：“我也弄不清楚，我有一个朋友初到山东来，寄寓在鸿兴客栈里。我前几日去访了几次，都因去的时候太晏，我那朋友出门拜客去了。今日只得早些起床，等城门一开就到鸿兴客栈去，才和我朋友会了面，正是久旱逢甘雨，他乡遇故知，彼此谈论得非常高兴。忽听得隔壁房间人声嘈杂，满客栈都震动了，那朋友拉我出房探看是什么事，不看犹可，看时真险些儿反把我吓死了。原来挤满了一客栈的兵，刀枪炫目，威势逼人，就在隔壁房间里。据说捉拿江洋大盗。一会儿便拖出一个人来了，我看哪里像一个江洋大盗，分明是一个很儒雅、很漂亮的斯文人，拖出来连话都没问一句，只怕姓名还不曾问明白，就在客栈门口杀了。杀了那斯文人也罢，忽然那些兵又说逃了一个，大家仍回身到各房间里搜查。是这般拿了不问情由地就杀，你说谁不害怕，自然一个个都向外面逃跑。一半兵在客栈里搜查，一半兵跟着逃跑的客追出来。过路的人不知道什么事，也吓得乱跑。我怕得最厉害，所以跑得最快，不提防把你撞倒了，临时见财起意，取了你这包袱，谁知你这么小气，拼命跟着追赶。”

张文祥知道事情不妙，心里和刀割一般地难过，表面上仍竭力镇静着问道：“老丈可曾打听杀的那个江洋大盗姓什么?”这人摇头道：“杀的人哪里是江洋大盗，是鸿兴客栈住的熟客，和现在山东的马抚台是亲戚。姓甚名谁虽不知道，只是大家因他确实是一个斯文人，料定他死得很冤枉。”张文祥听到这里，脸上不由得已急变了颜色，两眼同时忍不住流下泪来，不知这被杀的是不是郑时？且待下回再说。

第十四回

报私恩官衙来侠客
遇强盗癞子搭贼船

话说这人见张文祥急得变了颜色，并忍不住流下泪来，即做出惊异的样子问道："难道杀死的是你朋友吗？要你哭些什么？"张文祥明知这人是个有来历的，其所以有这番抢包袱的举动，是恐怕他回鸿兴客栈去自投罗网，有意是这般将他引出城外来，就是在暗中救他性命的，便不再隐瞒了，随即向这人跪下，说道："我早知您老人家是异人，这番救我的盛意，我也明白了。你老人家既能是这般救我，我和郑二哥在督抚衙门里面的事，不待说是了如观火的了，于今我郑二哥既屈死在那人面兽心的淫贼手里，我唯有求你老人家指引我一条报仇的路，我的性命可以不要，这仇却不可不报。"这人忙伸手将张文祥扶起来，说道："泪眼婆娑地跪在地下，若给到这庙里来烧香的人看见了，像什么模样。"张文祥立起身来，说道："我一则感激你老人家救命之恩，二则因报仇心切，非求你老人家指引，恐难如愿，所以不觉得跪下来了。喜得此地离城已远，行人稀少，敢先请示尊姓大名，再述我和郑二哥来山东的履历给你老人家听。"

这人冷冷地笑道："你也无须告诉履历，我也无须通报姓名。那郑时枉担了半世英雄之名，自谓经纶满腹，原来也不过是一个好色之徒，将仇人的女儿骗作老婆。到今日才身首异处，我已嫌他死得太迟了，你还提什么报仇的话。”张文祥听了，心中好生不快，若在平日见寻常人这般批评郑时，他必已怒不可遏地和人翻脸了。此时因知道这人本领比他自己高，又是曾救他性命的，不敢不耐住性子，说道：“话是不错，我郑二哥好色贪淫，确有应得之罪，但无论如何不能说，应该是这么不明白地死在忘恩负义的马新贻手里。如果是明正典刑，死于王章国法，我有什么话可说呢？我报仇之念已决，至死不悔。”这人忽然现出欣笑的样子来，说道：“名不虚传，果是好一个义烈汉子，这里为来庙烧香的必经之地，不便谈话。你将包袱拾掇好了，随我到僻静地方商量去。”旋说旋把披在身上的新衣脱下，交给张文祥。张文祥心里也就安慰了许多，说道：“这衣我原是买给我郑二哥穿的，你老人家穿上既合身，何不就将它穿上？”这人笑着摇头不作声。张文祥知道他是表示用不着的意思，遂不多说。捆好了包袱，仍旧驮在背上，跟随这人走出关帝庙。

到附近一个树林茂密的山里，各自就石头上坐下来。这人先开口说道：“你决心替你郑二哥报仇，自是义烈汉子所应当有的举动。不过你的力量有限，这仇只怕你一时报不了。”张文祥道：“寻常的仇恨，便是估量自己的能力是否报得了。至于兄弟之仇，是顾不了许多的，哪怕因报仇送了性命，我也甘心瞑目，毫无怨悔。并且我看马新贻那淫贼，除了官高势大之外，一点儿能为没有。我的本领果是不济，但自问对付那淫贼，还勉强能对付得下。我只要报了仇，便已完了心愿，也不想在人世苟且偷生了。”说时义愤填膺的样子，两眼火也似的发赤。这人摇着手，从容说道：“这些话不待你说，我是早已知道的。你报了仇再死，我相信你是甘心瞑目，没有怨悔。只是若你的仇还不曾报得，反被仇人把你的性命害了，你甘心不甘心，瞑目不瞑目呢？”

张文祥道：“我在淫贼衙门里住的时候已不少了，淫贼果然是个手无缚鸡之力的人，就是满衙门的上下人等，也不见一个稍有能为的人。衙门里的路径门窗，我都熟悉。我逆料取这淫贼的性命，如探囊取物。”这人笑道：“谈何容易，真是一厢情愿的话。你知道此刻有在暗中保护那淫贼的人，本领比你高强十倍吗？”张文祥不由得露出惊疑的神气，问道：“是什么人在暗中保护他？像这样的衣冠禽兽，有大本领的人为什么不杀他，反在暗中保护他？也就太不分皂白吗？”这人道：“各有各的交情，不能一概而论。即如那个郑时，据我们看来，不过是一个贪财好色之徒，这回被杀得一点不委屈。而你却不顾性命地要替他报仇，若旁人也和你刚才这一般的议论，不也要骂你太不分皂白吗？究竟在这黑暗中，保护那淫贼的是谁呢？我不妨说给你听，这期间有一段因缘，不仅你住在衙门里不知道，就是马新贻本人也不知道，并且连在暗中身任保护马新贻的人，都不知道。”张文祥道：“这就奇了，既是大家都不知道，到底是怎么一回事？”

这人微微地点头道：“自然有知道的人。我说出来，你就明白了。马新贻的母亲，从小就欢喜斋僧拜佛。而马新贻的父亲，却是一个毁僧骂道的人。这日忽有一个年约二十零岁的尼姑来马家化缘。马新贻的父亲不在家，他母亲因这尼姑生得端庄齐整，说话很有道理，就留在家中攀谈。不料一时天变，雷雨交作，尼姑不能作辞，他母亲便留歇宿。想不到马新贻的父亲回来，见尼姑生得貌美，顿时起了邪念。半夜偷到尼姑睡的所在，想勒逼成奸。那尼姑在危急的时候，亏得马新贻的母亲来了，夫妻大吵了一场，他母亲将私蓄布施给那尼姑，亲自陪尼姑坐到天明，因此保全了那尼姑的节操。那尼姑是谁呢？当时没有名头，无人知道，就是如今人人钦仰的沈栖霞师傅。沈栖霞因那回在马家受了侮辱，险些儿失身匪人，遂自恨身体孱弱，没力量抵御侵凌，一转念之间，便决心访师学道。到现在修炼了五六十年，已是神通广大法力无边了。事情虽隔了五六十年，然沈栖霞总觉得受了马新贻母亲解围和布施的好处，应该报答，无奈没有机缘。直到现在，她才推算得是报答的机会到了，特地打发她在襄阳柳仙村收的两个男徒弟，到此地来暗中保护马新贻。他这两个徒弟的道法，虽不算高强，然不是修道有成的人，寻常人无论有多大的能耐，也休想敌得过他。”

张文祥问道：“你老人家知道他徒弟有多大年纪了吗？其中是不是有一个二十多岁的少年？”这人点头道：“两个的年纪差不多，都只二十多岁，你怎么知道的？”张文祥将日前遇着挑豆腐担少年打狗的话说了。这人笑道：“你自问是他的对手吗？你所见的这个，年纪比那个略小些，本领也还不及那个。两人每夜轮流值守在马新贻左右，岂容你去寻仇报复。”张文祥诧异道：“这就奇了，马新贻今日才杀我郑二哥，我因他杀了我郑二哥才存心报仇，这是顷刻间的事，如何沈栖霞师傅早已打发人前来保护呢？”这人笑道：“这倒无须惊讶，我既受人委托，前来略尽人事，只得老实说给你听。你于今虽不认识我。我在几年前，却久已认识你了。我这番是受了你师傅无垢和尚的托付，特地前来救你的。就因知道你在激于义愤的时候，必不顾利害，去寻马新贻报复。沈师傅的两个徒弟，只知道保护马新贻，他们并不明白你为的是什么一回事。你是这般把一条性命送在他们手里，岂不冤枉？”张文祥忽然立起身来，说道：“你老人家说出受了我师傅托付的话，就知道必是孙耀庭师叔无疑。”著书的写到这里，又得趁这当儿，将这个孙耀庭叙述一番了。

说起孙耀庭，也可算得是一位奇侠。他是浏阳县人，因小时候生了一满头的癞疮，浏阳人都叫他孙癞子。

孙癞子这日与无垢和尚看过县太爷手书邑厉坛三字后，独自仍回金鸡岭修炼。修道的人，日月是极容易过去的，不知不觉又闭门修炼了好几年。这日忽有一个十六七岁的小和尚走进来，问道：“请问这里是孙师傅的住宅吗？”孙癞子打量这小和尚生得甚是漂亮，年纪虽轻，气宇却很轩昂。眉眼之间，现出非常精干的神气。头顶上还没有受戒痕迹，身上僧衣也是新制的。心中猜不出是来干什么的，只得回问道：“你是哪里来的？找孙师傅做什么？我也姓孙，但不知你要找的是不是我？”这小和尚连忙上前行礼道：“这金鸡岭上，除了我要找的孙师傅，想必没有第二个。我是红莲寺的。我师傅无垢老法师打发我来，因有要紧的事，请孙师傅去红莲寺一趟。他自己病了，已有好几日没下床，所以不能亲自到这里来。”孙癞子道：“我已多时不到红莲寺了，你叫什么名字？我几年前到红莲寺不曾见你。”小和尚道：“我法名知圆，在红莲寺剃度，原不过三年，孙师傅大约有四五年不去红莲寺了，怎得看见呢？”

孙癞子问道：“你老法师害了什么病？好几日不能下床，莫不是快要往生西方去了吗？我就和你同去瞧吧。”说时，从壁上取了一根尺多长的旱烟管，一个酒葫芦在手，道：“最讨人厌的，就是我一出了这房子，这山里的野兽便跑进这房子里来骚扰，屎和尿都撒在地下，害得我回来打扫，好一晌还是臭气熏人。”知圆和尚道：“何不把门关上，加一锁锁定来呢？”孙癞子笑道：“哪有闲工夫来，麻烦这些。若真个关上门锁起来，野兽仍是免不了要进来，反害得到这山里来的人费事。”知圆道：“这话怎么讲，我不明白？”孙癞子笑道：“你不明白吗？我是曾上过当的。我这房里除了几把稻草而外，什么东西也没有，值得用大门用锁吗？我当初造起这房子住着的时候，因房里有一块破芦席和烧饭用的瓦罐，恐怕被比我更穷的人拿去，出门就用你的见识，将大门关上，加上一把铁锁。谁知过了几日回来，不但不见了锁，连大门也不见了。倒是芦席瓦罐没人光顾，我以后的见识就长进了，连大门也不用了。看到这山里来的人，偷我什么东西去？”知圆笑了一笑不作声。暗想：这姓孙的也太穷得不像个样子了。连顶上的头发，都是这么散乱得和烂鸡窠一般。难道他也有了不得的本领吗？我师傅找他去，好像有很要紧的事托付他的样子。若在无意中遇着他，不但看不出他有什么本领，还得防备他，怕他的手脚不干净呢！

于今不提知圆和尚心里的胡思乱想。且说二人下山，一路没有耽搁，不多时便到了红莲寺。孙癞子走入方丈。只见无垢和尚正盘膝闭目坐在蒲团上。孙癞子也是个修道的人，知道在打坐的时候，不能扰乱，便不开口说话，就在旁边坐下来。约莫等了半个时辰，无垢才张眼注视了孙癞子两眼，笑道："孙大哥许久不见，进境实在了不得，于今真是仙风道骨了。"孙癞子摇头笑道："怎及得老法师。我只是盲修瞎炼，有什么进境？听令徒知圆师傅说：老法师近来病了，已有好几日不曾下床。不知究竟是什么病症？"无垢微微叹息了一声道："我倒不是害了什么病症。只因有一桩心事，一时摆布不开，思来想去，好几日放不下。除却求孙大哥来助我一臂之力，再也想不出第二条安稳的道路。"孙癞子见无垢和尚说得这般郑重，连忙答道："只要是我力量所能做到的事，老法师的使命，哪怕赴汤蹈火，决不推辞。"无垢和尚点头说道："我也料知孙大哥有这种胸襟这种力量，才求你帮助。孙大哥虽与我是同道的人，又同住在浏阳县境内，彼此都见面往来，然平日的谈论，只就道中切磋勉励，从来没谈过道外之事，所以我的身世和这红莲寺的来历，都不曾说给你听。于今既得求你帮助，就不能不细细地说给你听。"随即将在四川的时候，张文祥拜师，及与郑时等三兄弟当盐枭，特建造红莲寺为将来退休之地的话述了一遍道："近来张文祥手下的人，有几个年老的，因四川已不能立脚了，投奔我这里来，情愿剃度出家，免遭官府捕捉。据他们说，他们郑大哥定的谋略，带了数千弟兄们，围困一座府城，将知府马新贻拿住，逼着马新贻拜把。马新贻无奈，只得与郑时、张文祥、施星标三人结拜为兄弟。于今马新贻已升山东抚台，张文祥三兄弟都到山东投奔马新贻去了。我听了这消息，本来已觉得他们此去不甚妥当。无奈张文祥去山东之前，并没上我这里来。直到他们去后，我才得着消息，已无从阻挡了。我日前为张文祥占了一课，甚不吉利，因之益发放心不下。每日在入定的时候想到他，更觉得他在山东凶多吉少。张文祥是我极得意的徒弟，于今我若不设法教他离开山东，倘有意外，我心里如何能安呢？我待亲自去山东一遭吧，争奈路途太远，往返需时太多，而这寺里又抽身不得。所以只得请你来商量，看你肯破工夫替我去山东走一趟吗？”

孙癞子很讶异似的说道：“张文祥是老法师的徒弟吗？他在四川好大的声名，我几年前就听得从四川出来的谈起他，说他虽是个盐枭，很有些侠义的举动，本领也在一般绿林人物之上。既是这种侠义汉子有为难的事，便不是老法师的徒弟，我不知道就罢了，知道也得去帮助他，何况老法师请我出来帮忙呢？我一定去山东瞧瞧他。我去见机行事，用得着与他见面，我就出面与他说明来由，劝他同回红莲寺。如果他在山东，真应了老法师的话，遇什么意外之事，我自能尽我的力量，在暗中帮助他。”无垢和尚喜道：“有孙大哥去，是再好没有的了。”孙癞子笑道：“我南方人不曾到过北方，久有意要去北方玩玩，正难得这回得了老法师的差使，好就此去领教领教北方的人物。”

孙癞子出门也不带行李，也不要盘缠。就身上原来的装束，左手握着旱烟管，右手提着酒葫芦。天晴的时候，就这般在太阳里面晒着走。下雨的时候，也就这般在雨中淋着走。遇了水路，必须附搭人家的船只，人家看了他这种比乞丐还脏的情形，都估量他不是善良之辈，谁也不许他搭船。有几条船不许他搭，他也不勉强，只在河边寻觅顺路的船，却被他寻着一条了。这船还只载了一个客。这个客的年纪已有四十多岁了，身上穿得很朴素，像是一个做小本生意的人，满面春风，使人一望就看得出是个很诚实的。孙癞子便向这船老板要求搭船。船老板瞧也懒得拿正眼瞧一下，反向旁边吐了一口唾沫道：“请你去照顾别人吧，我这船上已装满了客。”孙癞子受了这般嘴脸，忍不住生气道：“分明舱里只坐了一个客，怎么说装满了客呢？你船上载客，不过要钱，我并不少你的船钱，你为什么这么瞧不起人呢？”船老板听了，将脸扬过一边道：“我知道你有的是钱，有钱还愁坐不着船吗？我这船早已有人定去了，没有运气承揽你这主顾的生意，只好让给别人发财。”孙癞子听了这派又挖苦又刻薄的话，气得正要开口骂这船老板，忽见坐在舱里的客人走出来，问道：“你要搭船去哪里？是短少了船钱吗？”孙癞子还没回答，船老板已大声对那人说道：“客人不必多管闲事。各人自扫门前雪，休管他人瓦上霜。这是出门人的诀窍，都不懂得吗？进舱里去坐吧，我们就要开船了。”那客人见船老板如此一说，登时缩了头退进舱里去了。船老板也走进后舱。随即出来了四个驾船的水手，拔锚的拔锚，解缆的解缆，忙乱了一会儿，船就离开岸了。

孙癞子立在岸上呆呆地看了，忽然心中一动，暗想：不好了，这客人误上了强盗船了。这一点儿大的船又没有装载货物，怎么用得着这么多的水手？怪道以前问的那些船，都装了不少的客，只这条船仅载了一个单身客人。大概老出门的客人，都看得出这条船不妥当。这客人不是老走江湖的，就自投罗网了，我既亲眼看见，如何能不想法子救他呢？双眉一皱，即连说：有了，有了！看那船才行不到半里水路，忙提步追赶上去，一霎眼就赶上了。一面追赶，一面口中喊道：“你船上分明只载了一个客，为什么不许我搭船？快些靠过来让我上船便罢。若不然，就休怪我搅烂了你们的生意。”尽管孙癞子的喉咙喊破了，船上的人只是不睬。孙癞子见船上的人不答应，又追赶着喊道：“你们装聋作哑不理会吗？有生意不大家做，你们打算独吞吗？”船老板和几个水手听得孙癞子是这般叫唤，恨不得要抓住孙癞子碎尸万段。待始终不作理会吧，又恐怕孙癞子再叫唤出不中听的话来，万一把舱里坐的这只肥羊叫唤得觉悟了，岂不坏了大事？几个人计议：不如索性将船靠拢，让这穷光蛋上来，料他这么一个痨病鬼似的人，不愁对付不了。计算已定，船老板才缓缓地伸出头来，向岸上望了一望问道：“还是你要搭我的船吗？似这般乱叫乱喊干什么呢？”旋说旋将舵把扳过来，船头便朝着岸上靠拢来了。

孙癞子笑道："你们也太欺负我们穷人了。如果江河里的船只，都和你们这条船一样，我等单身客人还能在江河里行走吗？"船老板听了气得磨牙，但是不敢回答什么，怕舱里的客人听了怀疑，只一迭连声地催促孙癞子上船。孙癞子看着船头，说道："你不把上船的跳板搭起来，像这般三四尺高的船头，教我如何跳得上呢？不是有意想害我掉下河里去吗？我又不会浮水，一掉下水就没有命了。"船老板似乎很得意的神气说道："你也是一个男子汉，看你的年纪并不算老，像这一点儿高的船头都爬不上，真的活现世呢。"说时，顺手提起一块木板，向岸上一搭，孙癞子就从木板上走到船头来。随即弯腰去提那木板，故意做出用尽平生之力，提得两脸通红，气喘吁吁地才勉强提上船头，吁了一口气道："这跳板时常在水里面浸着，所以这么重得累人，差一点儿提不动呢！"船老板看了这情形，心想：这东西只怕是合该要死了，他也敢存心来搅我们的生意。他若仗着熟悉江湖规矩，来找我说内行话，我们只有还他一个不理会，看他这内行有什么用处。动手就先把他做了，谅他也没有招架的本领。

船老板心里正这么转念头，孙癞子已做出极亲热的样子，向船老板叫着伙计，说道："我气力虽没有，但自己知道是个通窍的人，无论在什么地方，总是处处替自家帮忙，从不惹自家人讨厌，我也不多占伙计们的地方。每天只要给我这么一葫芦酒，连饭也不吃一粒。我一张嘴是再稳没有的了，别人想套问我半句话，就一辈子也套问不出来。"船老板不耐烦的神气说道："谁管你这些。我又不认识你，哪个是你什么伙计。你一身脏到这个样子，也要来搭船。你要知道坐在舱里的这位客人，是规规矩矩做买卖的。他既坐我的船，我不能使他心里不快活。你这般龌龊，不论什么人看了也恶心。不许你走进舱里去，我行点儿方便，跟到这里来蹲着吧。"孙癞子遂由老板引到船艄，揭开一块船板，说道："说不得委屈你一些儿，请你蹲在这里面。"

孙癞子低头看了看道："不是一天两天的路程，这点儿大的地方，教我蹲在里面，不比坐牢还难受吗？我们都是自家人，我说过了不坏你的事，你不应如此款待我。那客人舱里我可以不去，难道后舱都不给我住吗？伙计，伙计！大家都是在江湖里做生活的人，不应该这般不把我当人。"船老板心想：这东西开口自家人，闭口自家人，究竟是哪里的？我在江湖混了这么久，并没有见过他这么的人，也没听得同行中人说过，老辈平班里头，有一个这样怪模怪样的人物。我倒得盘盘他的底，看他毕竟是哪里来的？如果他真有大来历，做了生意分一成给他，也是应该的。船老板定了主意，便仍将舱板盖上，让孙癞子坐下来，自己也陪坐一旁，慢慢地盘海底。谁知孙癞子一句也不回答，只管笑着摇头。船老板不由得哈哈大笑道："原来是一只纸糊的老虎，经不起一戳就破了。"说完，接着又叹了一口气道："真是哪里来的晦气，无端害得我们白担了一阵心事。"

孙癞子从容拔开葫芦塞，喝了一口酒，说道："谁教你们白担心事呢？我一上船就对你表明了，我是不多事的，我是不惹人讨厌的，谁教你担什么心事呢？你只每日给我这么一葫芦酒，我就终日睡在后舱里，连动也不动一动。"船老板心里好笑，暗骂这种不知天高地厚的混蛋，自己也不思量思量，凭着什么本领在江湖上来吃横水？不过仍不免有些怕他搅坏已经到手的生意，面子上还是向孙癞子敷衍道："也罢，我就让后舱你住着。你自己知趣些儿，不许和前舱的客人说话。"孙癞子连忙应是，弯腰走进后舱里坐着。从此不言不动，只双手捧着葫芦，口对口地咕罗咕罗。

这夜，船泊在一个很繁盛的码头之下。孙癞子自己上岸沽满了葫芦酒上船，船老板问他道："你上岸去干什么？"孙癞子扬着酒葫芦给他看道："粮食完了，上岸去办粮食。"船老板道："你粮食完了，怎么不向我要呢？我船上还有两大坛陈酒，足够你喝。"孙癞子笑道："迟早是要领你的情的。我只因见你的生意还没有做成，不应该就向你需索，所以自己上岸去沽了喝。”船老板放下脸说道：“你这人真说不上路，我有什么生意没有做成？你以后喝了酒，不要说酒话吧，葫芦里若是干了，尽管向我要。”孙癞子笑嘻嘻地点头。心想，这狗强盗不存好心了。他见我欢喜喝酒，就打算拿酒先把我做翻。他们江湖上的，不过是蒙汗药。倒要看他们如何下手？这夜安然无事。

次日天明开头，顺风走了一日。下午申牌时分，船正扯起顺风帆，走得和跑马一般快。前面一个沙滩，船行到这里要转拐了，忽然船头反向沙滩这方面一侧。只听得船底板喷喷地响了几下，船头猛触在沙滩上，全船都震动了。水手登时叫唤起来，齐声说：“不好了，船身浅住不能动了。”那客人也惊得跳起来，走到船头上看了看，问船老板道：“怎么走得好好的，会走到这沙滩上来呢？”船老板道：“陡然从这方面吹来一口风，船轻了载，连转舵也来不及，就走到这上面浅住了。且教水手们下河去推推看。能推动今天还可以赶十来里路，若推不动就只得等明天再设法了。”船老板这么说着，真个跳下去几个水手，一个人用背贴住船舷，用力推挤。那船就和有胶粘住了一样，哪里能推动分毫呢。

孙癞子在这时候也慢慢地走到船头上来，抬头向四面望几望。说道：“好一个荒僻的地方，前不靠村，后不靠市，真是天生的好泊船所在。我们出门人，难得有这种好地方停泊，为赏玩这种野景，应得痛饮一场才好。只可惜我昨天上岸沽的一葫芦好酒，今日已经喝得没有了。此地沽不出酒却如何是好呢？”船老板听孙癞子说出来的话，没一句中听的，简直心里恨得发痒。只因天色还早，恐怕后头有船只走过来，即时弄翻了脸不好下手，勉强赔着笑脸说道：“我昨日不是就对你说过了吗？我船上还有两坛陈酒，尽你有多大的酒量，都有得给你喝。你把葫芦给我，我就去装一葫芦来，包管比你在岸上沽的好多了。”孙癞子喜道：“真的吗？”船老板正色道：“谁骗你干什么呢？”孙癞子随即将葫芦递过去道：“这就好极了。我只要有酒喝，万事都不管，哪怕就死到临头，我也要喝了酒才说。”船老板接过酒葫芦，笑道：“你这么也差不多成了个酒仙了。”孙癞子哈哈大笑道：“什么酒仙，做一个酒鬼也罢了。”

船老板提了葫芦进舱里装酒，暗地取出药来，比寻常多了几倍，纳入葫芦里。耳内就仿佛听得有人声说道：“还得多放些，少了没有力量。”船老板吃了一惊，忙回头看时，并不见有人影。急探头从船窗看船头，只见孙癞子和那客人并肩立在原处，正指手画脚地说话。几个水手也都已跳上船头了。心想：他们都知道我取了葫芦进来装酒，绝不至放这东西进舱来。这是我自己疑心生暗鬼，所以仿佛像听得有人说话。船老板如此一想，就放心大胆地提了葫芦出来，送给孙癞子道：“你且尝尝这酒味何如?”孙癞子接在手中笑道：“药酒哪有不好的。不过合不合我的胃口，要喝下去才知道。”边说边举起葫芦，凑近鼻孔嗅了一嗅，不住地摇道：“这里面是什么药?怎的有些刺鼻孔?”船老板笑道：“就是白酒，哪里有什么药呢。酒气是有些刺鼻孔的，你不要只管打开塞头走了气，这酒便不好喝了。快喝一口试试看。”孙癞子举起葫芦要喝，忽又停住道：“我喝这酒，这位客人怎么办呢?”船老板又吃了一惊，极力镇静着道：“你是欢喜喝酒的就喝酒。他不欢喜喝酒的，有什么怎么办咧?”孙癞子点头道：“我也只要有酒喝，以外的事就轮不到我管。”说着，咕罗咕罗几口，就喝下了半葫芦。咂了咂嘴，说道：“酒确是好的。不过不知是什么道理，一喝下肚就觉有些头昏。哎呀，不好了！你们看，这沙滩转动起来了，我的脚站不住了。哎呀，要倒了。”随说随倒在船头上，口里只管嚷道：好酒，好大的力量。酒葫芦掼过一边。船老板大笑道：“这么没有酒量，也要喝酒。你们把他抬到后舱里去睡吧。”即有四个水手过来，将孙癞子抬进后舱去了。不知这些强盗如何摆布？且待下回再说。

第十五回

施巧计诈醉愚船主

救客商装梦捉强徒

话说四个水手将孙癞子抬进后舱，往舱板上一掼，就如死了的一样，一点儿知觉没有。船老板已提着酒葫芦跟到后舱来，伸手在孙癞子胸前额角抚摸了几下，知道已昏迷过去了，才用很低微的声音，对几个水手说道："这东西实在可恶，险些把我急死了。要说他是内行吧？盘问他的话，他一句也回答不来。要说他是假冒的吧？他又似乎门门懂得，件件在行。我装酒给他的时候，他那神气，不是好像已经识破我的关子吗？我正在急得不知要如何发付他才好，他却举起葫芦，咕罗咕罗地把酒喝下去了。这也是合该这东西的死期到了，仿佛鬼使神差地，叫他喝了这半葫芦药酒。这葫芦里我下了五倍的药，他只要喝了一口下肚，就包管他一个对时不得醒来。于今他喝下了这么半葫芦，便是有药去解救他，也不见得能醒转来。若就这么不去理会他，至多两三个时辰就得咽气。"

船老板说到这里，又听耳根前有人说道："你的药下少了，只怕没有力量。"船老板心里一惊，连忙回头望了一望，向立在身边的水手问道："是你在我耳根前说话吗？"这水手愕然问道："我们正听你说话，有谁在你耳根前说话呢？"船老板又看了看孙癞子，不由得独自鬼念道："这就奇了。在装酒的时候，耳里就分明听得有人说话。那时舱里除了我，并没有第二个人，我还以为是我自己疑心生暗鬼。于今又听得这么说，并且听那说话的，就是一个人的声音。这不是青天白日活见鬼吗？”随又问立在身边的水手道：“你刚才没说话，也没听有人说话吗？”这水手道：“我们四个人都在听你说话，怎么没听人说话呢？”船老板气得呸了这水手一口道：“你真是糊涂蛋。我自己在这里说话，难道我自己不知道，要来问你听得了吗？”三个水手都说道：“我们只听得你说话的声音，不曾听得再有人说话。这舱里不是大家都看见的，并没有人进来吗？我们四个人跟你站在一块儿，若有人在你身边说话，如何能避得开我们的眼睛呢？”

船老板也懒得回答这些无意味的话，只低头望着孙癞子的脸出神。一会儿，又伸手在孙癞子鼻孔上摸了几摸，胸膛上按了几按道：“天色还早，且让他们多挨一时半刻。”随将酒葫芦放在孙癞子的头旁边，笑道：“这里面还有半壶药酒，你既这么喜酒，何不一阵喝下去呢？”说着，和四个水手回到船艄上去了。前舱里的那客人，虽亲耳听了孙癞子在船头上的那些话，亲眼看见孙癞子只喝下半葫芦酒就昏倒不省人事，然因他是一个很诚实的商人，不知道世道的艰险，并不觉得这船可疑，入夜仍照常酣睡。

约莫到了二更时分，船老板提了一把小板斧，悄悄从船舱走到前舱来。在星月朦胧之中，眼见一个人在船边上蹲着，好像伸着屁股向河里大便的样子。船老板心里一惊，暗想：莫不是那客人起来大解吗？怎么我们在船艄里没听得一些儿响动呢？我们自己人此刻都在梢里等着，没人出来。那个穷叫花早已醉得不省人事了。除却前舱的客人，没有第二个。他既在船边上大解，我何妨乘他不备，从容上去将他一斧劈翻呢？想罢，即将板斧藏在身后，行若无事地走到船头。看那人蹲着没动，不禁吓了一跳。船边上哪里有什么人呢？连仿佛像人影的东西也没有。只得自认眼睛看错了。回身去拨前舱的板门。自己的船，当然绝不费事就拨开了。

刚踏进脚去，便听得舱里的客人在梦中翻身的声音，以为是客人醒了。

恐怕被他听出声息，即停脚不敢动，不一会儿，又听得打呼的声音，便钻身到了舱里。那客人睡的地方，船老板是早已看在眼里记在心里的，此时只要举起板斧，照着认定的所在劈下去就是了。只是这个船老板是个积盗，这种谋财害命的事，经验极多，举动很是谨慎。右手一面举起板斧，一面伸左手去摸索那客的头颅，恐怕一斧砍得不中要害，客人反抗起来，便大费手脚，谁知不摸倒也罢了，这一摸只吓得缩手不迭。原来摸着的头颅，一触手就觉得不像是前舱客人的。前舱客人是和平常人一般的头发，结成了条辫子，垂在脑后。此时所摸着的头颅，是乱蓬蓬一头短发，并且尘垢黏结。一触手，就心下思量道：这不是后舱里那个穷叫花的脑袋吗？怎么到这里来了呢？当下吓得缩回左手。忽然转念想道：管他是前舱的客也好，是后舱的穷叫花也好，横竖都是免不了要给他一板斧的。念头这么一转，那斧就顿时劈下了。真是作怪！船老板在前舱一斧劈下，前舱被劈的人一点儿声息也没有，倒是后舱里有人连声哎呀哎呀地直叫。而听那叫哎呀哎呀的声音，一入耳便知道就是前舱的客人。

这一来，简直把一个经验极多的积盗弄糊涂了。不过他毕竟是一个积盗，又仗着地方僻静，自己人多，并不害怕。伸手摸板斧，似乎没有粘着血水。心里一横，也不顾后舱里有人叫唤，又是一斧劈下去。想不到竟劈了一个空。刚待提起板斧，猛觉有人从背后一把拦腰抱住。来不及挣扎，已被那人很重地向舱板上一掼，只掼得头昏脑涨。心里虽明白遇了辣手，不赶快图逃没有活命。只是四肢百骸就如有千百条绳索捆绑了的一样，一动也动不得。舱里又漆黑，看不见把自己掼倒的是谁。只得放出极软弱的声音哀求道：“我这回瞎了眼睛不认识客人，求客人饶恕我一条性命，我下次再也不敢在江湖上做这生意了。”船老板尽管这么哀求，但是没人答应，也不听得舱里有什么声响，连后舱里叫哎呀的声音也没有了。只觉得船身微微有些摇动，仿佛船已开行了的一样。

船老板昏沉沉的，似睡非睡，似醒非醒，直到天色已亮，船舱里透进了天光，船老板才明白清醒了。睁眼看舱里，一个人也没有，那客人已不知睡哪里去了。自己的身体，塞在舱角落里。两手反操在背后，并没有绳索束缚。然因身体是蜷曲着嵌在那角落里的，两手又在背后，浑身无处着力，所以动弹不得。那把素来用着劈人脑袋的小板斧，就在身边横着。想起昨夜的情形来，仍旧疑心是在做梦。正打算要尽力挣扎起身，即听得那客人的口音在后舱里，发出很惊讶的声调，说道："咦，咦，咦！昨夜是怎么睡的？如何会睡到这后舱里来了？怪道我昨夜做了一夜的噩梦。唉，你这个人的酒，也醉得太厉害了。怎么睡了整夜，到这时分还不醒来呢？"孙癞子这才打了个呵欠，伸了个懒腰，口里含含糊糊地说道："好酒，好酒！好大的力量！"这客人笑道："还在这里好酒好酒，你醉了一夜不省人事，此刻已经天明了，你知道吗？"孙癞子翻身坐了起来，揉了揉眼睛，这客人道："我怎么真个睡到你舱里来了呢？还是你睡到我舱里来了？"孙癞子抬眼看了看四周，说道："这就奇了。你为什么在我舱里睡着呢？"客人道："我也不明白为什么会睡到这里来。"

孙癞子伸长脖子，向窗缝里张了一张道："船不是已开了头吗？我昨日自从喝了那半葫芦酒，简直就醉得一夜不得安宁。在梦中，好像是睡在你的床上。睡到二更分，忽然看见从船头上来了一个强盗，右手提着一把小板斧，撬开舱门，跨进舱来。伸左手在我头上摸了一摸，就是一斧头劈下。喜得那一斧的来势不重，我有头发挡住了，不曾受伤。只见那强盗，举起那斧头又劈将下来。我虽是喝醉了酒做梦，然心里明白，知道这一下是受不住的，连忙滚下床来，那强盗好像是瞎了眼睛的，我滚下了床，他也没有看见。一板斧朝空处劈了。我恨他不过，转到他背后，拦腰抱住他往地下一掼。那强盗的身体，就和纸糊篾扎的一般，只那么一掼，就掼得他不能动了。"孙癞子说到这里，这客人已跳起身，说道："怪事，怪事！我昨夜做的梦，比你这梦还要吓人些呢。我也是梦见一个强盗，手提板斧跑来杀我。还没有跑进我的房，这边房里又跑出一个强盗来，并听得这个强盗说：一斧劈死了，太便宜了他，让给我去慢慢地将他处死吧。说着，便将我连人带被褥一把撸起，抱到这边房间里来。一脚踏住我的胸膛，痛得我连声喊哎呀，好像就咽了气，不知人事了。直到刚才醒了睁眼看时，谁知真个睡到这舱里来了。”孙癞子道：“我两人做一般的梦，实在太怪了，我倒要到你舱里去看看。我记得在梦中一个提板斧的强盗，抱住掼倒在你舱里，看究竟有什么痕迹没有？”

二人在后舱里说的话，船老板在舱角落里听得分明，心中也自诧异道：“原来他们都不过做了一场噩梦，我却实实在在地被掼倒在这里，受了一夜比上杀场还苦的罪。但是我不解这个穷叫花，喝下那么半葫芦酒，何以这时候不解救就醒来了呢，我再不挣扎起来逃跑，他二人走来看见了我这情形，不是要弄假成真吗？只可恨我船上这些帮手，真是些死人。我独自出来动手，一夜没回到艄里去，怎么也不出来瞧瞧。难道在这时候，一个个都能安心躲在艄里睡觉吗？这也实在太奇怪了。”船老板心里是这么愤恨，身体竭力向宽处挣扎，只是好像特地造了这么一个陷笼，将他身体陷住似的，无论怎么挣扎，气力都是白用了，耳内听得后舱里二人的脚声。看看从船边绕到前舱来了。船老板既挣扎不起，唯有紧闭两眼听凭摆布。

孙癞子在前，跨进舱，就掼着角落里的船老板，大笑道：“果然掼倒了一个瞎了眼的强盗。你看，不还在这里吗？”这客人看了，吃惊问道：“咦，这究竟是怎么一回事？哎呀，这里还果然有一把板斧呢。”孙癞子道：“我昨夜在梦中因为舱里漆黑，不曾看清楚强盗的面目，来，来，我们两人看个仔细，好像面熟得很！”这客人看了惊讶道：“这不是船老板吗？怎么说他是强盗？”孙癞子笑道：“是船老板吗？那么我这梦就更真了。我记得梦中还到了船艄里，看见船艄里也有几个强盗，各人手中都拿了一把短刀，正要钻出来杀人。我也将他们一个一个掼倒在梢里，也正是这般掼法。这强盗既不曾逃跑，想必船艄里的那几个，也和他一样。”这客人道：“然则这条船不是强盗船吗？我们到船艄里去瞧瞧。”孙癞子道：“你去瞧瞧便了。我昨夜喝多了酒，今日还有些头昏，懒得去看。”这客人就独自去了。

孙癞子凑近船老板的耳根、说道：“伙计，伙计！你为什么还只管躺在这角落里不动呢，我上船的时候便对你说过了，有生意大家做，我们都是自己人。你偏要在我面前装糊涂，不理会我，反而拿药把我醉倒。你将那灵丹子（江湖隐语称迷药为灵丹子）放进酒里去的时候，我分明在你耳根前说，教你多放些，少了没有力量，你听了倒不理我。你自己想想，若不是你那酒将我喝得死不死活不活。我如何会做出这么一回梦来？”船老板听了这些话，才知道这穷叫花是个有大能耐的奇人，果是自己瞎了眼睛，当面不认识，只得告哀求饶。孙癞子道：“我又不曾用绳索捆绑你，你要走尽管走，要逃尽管逃，求我干什么？”说到这里，到船艄里去看的客人已走回来，说道：“昨夜的事，真教我莫名其妙。怎么做梦都成了真事呢？这船上的水手，六个人做一堆躺着，手中的短刀，都还紧紧地握着，不肯松开。一个个睁开两眼望着我，也不说什么，也不动弹。我故意问他们：为什么拿着刀睡觉？他们一个也不回答。这到底是什么道理？我生长了四十多岁，连听也没听说过这种奇事。”孙癞子摇头道：“我也不明白是怎么一回事。你问这位船老板，他是一定明白了。”这客人虽是个老实的行商，然眼见这船老板是个强盗，心里也就异常愤恨，厉声对船老板喝道：“你半夜手持板斧，偷进我的舱来，想谋我的财害我的命。喜的我命不该死。鬼使神差地将你是这般困住了，你还不照实供出来吗？怪道你昨夜不赶到码头上停泊，原来你这狗强盗不存好心。你老实供出你昨夜的情形来便罢，若想支吾，我就要对你不起了。”旋说旋回头在舱里寻找了一根木棒，提在手中，做出要打下的样子。

船老板苦着脸，说道：“不劳客人动手。我既到了这一步，难道还能隐瞒不说吗？客人不要以为我困在这里是鬼使神差、莫名其妙的事，昨夜若没有这位神仙，客人的性命早已没有了。我自己知道是我的恶贯满盈，才有今日，也用不着再含糊了。客人只道昨夜真是做梦吗？都是这位神仙的神通广大。莫说救了你，你不知道。我被他老人家用法术软困在这里，也直到刚才方明白呢。我做了半生谋财害命的事，到今日能死在这么一位神仙手里，也算值得了。我这条船在这河里行过十多年了，每年至少也得做七八次谋财害命的案，只因我的手脚做得干净，没有破过案。不过老走江湖的人，久已疑心我这条船不大妥当就是了。然因为不曾破过案，尽管疑心也不能奈何我。不过坐我这船的很少很少，越是坐船的客少，我们便越好下手。这回合该我们要破案，因看不起这位神仙爷的仪表，三回五次地点破我，我仍不见机。昨夜在黑暗中摸着了神仙爷的头，还举板斧劈下去，这不是我糊涂该死吗？我如今说懊悔也来不及了，听凭神仙和客人怎么惩办便了，横竖拼着一死。只求神仙爷慈悲，不将我们送官。我死也不算事，送到当官去受种种的凌辱苦楚再死，就死也死得不爽快。”

这客人见孙癞子救了他的性命，即双膝跪下，向孙癞子叩谢救命之恩。孙癞子拉了他起来，笑道：“这是你的命不该死。我因感念你在我要搭船的时候，存心想帮助我，到船头上问我去哪里，我那时看你的气色不佳，才留心看这船上。若不然，我也懒得多管闲事。此刻我已将他们这些没天良的强盗软困在这里，这个为首的也已供认不讳了，只看你打算怎生发落他们。”这客人道：“我是一个无知无识做小本生意的人，这回承你老人家的恩典，救了性命，我身边带的三百多两银子，又没有被他们劫去，我实是感激不尽。至于应该怎生发落他们，听凭你老人家说了就是。”孙癞子点头道：“论他们的行为，委实是死有余辜。不过我们都不是做官的人，他们犯的国法，应该把他们送到官里去，只方才他求我们不要送官。我想将他们送官是容易的事，但是把他们送去了，我两人不是都得另行搭船到山东去吗？半路上搭船是很麻烦的，不如暂时依了他的不送官，好便饶了他们。他们从前做了恶事，将来还是逃不了恶报，我们可以不管他。若在路上伺候我们两人不周到，我要使他们吃苦，倒不费事，你以为我这话怎么样？”不知这客人赞成不赞成这个办法？且待下回再说。

第十六回

仗隐形密室闻秘语
来白光黑夜遇能人

话说这客人虽觉得孙癞子这办法太便宜了这些强盗，然不能说不依，只得连忙说："你老人家要怎么办好了。"孙癞子笑着向船老板招手道："你起来吧。这一夜的辛苦，也够你受了。"船老板经孙癞子这么一招手，浑身就和解去了千百条绳一样，并不待如何挣扎，一着力便站起来了。也不说话，跪下地就对孙癞子叩头，连叩了好几个头，才说道："我承你老人家不杀之恩，敢不尽心伺候。不过我那几个被困在艄里的伙计，大约也是你老人家法术将他们制住了？"孙癞子不待他说下去，即答道："你去瞧他们，不是已经起来了吗？"船老板走到后艄，果然几个水手都伸腰舒腿地起来了。这一船的强盗，自从经过了这夜的无形软困，大家都心悦诚服地将孙癞子做神仙看待，不敢轻慢半点。一路小心谨慎地伺候，一文船钱也不敢收受。孙癞子还恐怕这一般强盗暗地跟踪这客人图劫，亲自送这客人到了家，才到山东省城来，打听张文祥在巡抚部院里的情形。

孙癞子到山东也不住客栈，夜间就在那旧的小关帝庙里歇宿。初到的这日，他心想：我这番受了无垢和尚的托付，来指点张文祥。我若就是这般形象去巡抚院会他，休说在巡抚院里当差的人都是些势利狗，看了我这情形，决不替我通报进去。就是通报进去了，张文祥也不见得看得起我。

我不远千里地来指点他、帮助他，倒落得他一双白眼相看，岂不是自寻没趣？并且初次见面，他不知道我是何等人，我就一片好心指点他，他也未必肯听。不如在暗中先查查他的行为，若也不过一个利禄之徒，行为荒谬，我就受了无垢和尚的托付，也只是略尽人事罢了，犯不着竭力帮助他。

孙癞子打定了主意，这夜初更以后，便用隐身法进了巡抚部院。在里面穿梭也似的来来去去，谁也看他不见。马新贻与柳氏姊妹和春喜丫头的举动，他却完全看到了眼里，并听得柳无非对马新贻说自己姊妹在船上与郑时、张文祥成亲的事，不由得心里恨道："无垢和尚收的好徒弟，在四川弄得立脚不住了，到山东来投奔马新贻这种人面兽心的东西，已属无聊极了。偏偏在半路上还骗取官家的小姐做老婆，像这种好色没行止的东西，我不杀他，已是看无垢和尚的面子了，还帮助他什么？指点什么？"孙癞子已经气得打算不管这事了，但是他出来一走到西花厅里，只见郑时正在与张文祥坐在一块儿低声说话，孙癞子心想：他两人这般低声小气地说些什么？我何不凑近跟前去听听？随即走近二人身旁。

听得郑时道："我知道三弟把功夫看得认真，不肯在女色上糟蹋身体。不过少年夫妻，实在不宜过于疏淡。你要知道，你是练功夫的人，越是不近女色越好。三弟媳不是练功夫的，又在情欲正浓的时候，何能和你一样呢？"孙癞子听了这些话，已不觉在暗中点头道："照这样听来，难道张文祥并不是一个好色没行止的东西吗？"接着又听下去，听到张文祥摇头说："这只怪我生性不好，从来拿女子当一件可怕的东西，不仅觉得亲近无味，并时刻存心提防着，不要把性命断送在女子手里。我未尝不知道这种心思，只可以对待娼妓及勾引男子的卑贱妇人，不能用以对待自己的妻子。无奈生性如此，就要勉强敷衍，也敷衍不来。我这头亲事，原是由二哥二嫂尽力从中作成的，我自己实不曾有过成立家室的念头。"孙癞子听了这一段话，就在暗中连连点头道："这才是一个汉子。这才不愧为无垢和尚的徒弟。原来是郑时这个色鬼，因骗娶柳无非，心中不免有些惭愧，所以要把柳无仪配给张文祥，大家同下浑水，好遮掩他自己不敦品的行为。常言人命出于奸情，马新贻既诱奸了柳氏姊妹，两边恋奸情热，一定有谋杀亲夫的事做出来，怪道无垢和尚说张文祥在山东凶多吉少。郑时这东西，才情学问虽有可取之处，然是个热衷利禄的人，品行又如此不端，就被马新贻谋死，也是自取的，不足顾惜。倒是张文祥，我得设法使他认识了我，才好劝他离开这龌龊的地方。”当下孙癞子便出了巡抚院。

次日天色一黑，又隐形到马新贻上房里来。见这房里只有马新贻的一个姨太太坐着，和一个小丫头说话，柳氏姊妹与马新贻都不见踪影。孙癞子原是想探听马新贻对柳氏姊妹说些什么话，当即到各处房间里寻找了一会，连张、郑二人的睡房都找遍了没有。仍回到上房，连刚才坐着和丫头谈话的那个姨太太也不见了。正要步出来，只见一个十四五岁的丫鬟，双手托着一碗菜向上房走来。孙癞子看了，心想：这房里并没摆设席面，怎么托着菜到这房里来呢？忙让过一边，看这丫鬟托到哪里去？料定这菜必是送给马新贻吃的。只见这丫鬟直走到床背后去了。跟上去看时，原来床帐背后有一个小门，丫鬟临时一手推开，挨身进去了。孙癞子不等她回身关门，急跟着进去。里面灯烛辉煌，仿佛白昼，直是和天宫一般，说不尽的繁华富丽。房中摆了一桌酒菜，一男三女，各据一方坐着，正是马新贻和柳氏姊妹，还有一个女子，就是刚才坐在前房和丫头说话的那个姨太太。丫鬟送上托来的菜，即转身出去，随手将门关了。

孙癞子就听得柳无非问马新贻说：“他们是在四川做生意的人。你那时在四川做知府，充其量也不过降尊和他们来往来往，何至于与他们结拜为兄弟呢？我这个二爷倒也罢了，可以说是个读书有学问的人，将来的前程不可限量，与他结拜还勉强说得过去。至于三爷四爷，都是粗人，你那时怎么看中了他们两个，会想到与他拜起把来呢？你又不是结拜以后才发达的，这道理实在教我想不透。”马新贻笑道：“你只管追问这事有什么用呢？我不是早已对你姊妹说过了吗？二爷和他们两个原是多年结拜过的，并且终年在一块合伙做生意，没有离开过。我是后来因和二爷结拜了，不能说他两个是粗人便瞧不起，所以四个人又重行结拜，并没有别的想不透的道理。你这下明白了吗？我们谈旁的快活话吧，这类不相干的事，只管谈论他做什么呢?”柳无非摇头道：“你说不相干的事，我倒觉得是很要紧的事。我还要问你：你既不存瞧不起三爷四爷的心，与他们结拜了，却为什么又怕外人知道，不许他们当着人称你大哥呢?”马新贻道：“你这也不明白吗？我的胸襟不同，自然可以不存瞧他们不起的念头，只是官场中的人，几个和我同一般胸襟的。并且我要避嫌疑，也只好教他们不当着人称呼我大哥。你安着什么心眼，一次又一次地是这般深究，难道做官的人朝廷订了律不许与不做官的人拜把吗?”柳无非见马新贻面上带着不大高兴的样子，连忙笑着摇着头道：“不是这般说法，我并没有安着别的心眼，不过我听你说的话，与你二爷说的，有些牛头不对马嘴，使我不由得不细细地追问。”马新贻问道：“他说了些什么话，与我说的牛头不对马嘴?”柳无非道：“他在船上初次见我的时候，他说他是做生意的人，平日于官场中不甚留意。又说从甲寅年出四川，在新疆甘肃一带盘桓，直到前年才回四川去。前年你不是已到了山东吗？据我推想，你们结拜，必有缘故。绝不是你因为二爷的才学好，就降尊和他们结拜。我姊妹承你宠爱，这种恩情，我姊妹粉身碎骨也难报万一。你非不知道我姊妹当日在船上与二爷三爷成亲，是出于不得已。你难道还疑心我姊妹尚未忘情于他两人，将你说给我们听的话，去对他们说吗？何以不肯把实话告诉我呢?”马新贻道：“这倒不用你表白，我已知道你姊妹对我的心。不过我觉得无须向你姊妹说这些不要紧的话。”柳无非道：“不然，我姊妹既承你宠爱，就巴不得长久能在你左右。我看三爷是一勇之夫，心粗气浮，容易对付。二爷便不然，为人心思极细，主意又多。我们的事，日子长了，难保没有破绽给他看出。我逆料他这种人，看出了我们什么破绽，是决不动声色的。倘若他借故向你告辞，要带着我往别处去。只一离开了山东，便将我姊妹置之死地。到那时我姊妹有什么法自全性命呢？”

马新贻沉吟了一会儿道：“你我在上房里干的事，内外都是我的心腹人，有谁敢去说给他们听？没人去向他们说，哪怕老二的心思再细，试问他从哪里看出破绽来？并且这种暧昧的事，除了自己亲眼看见，旁人说的，谁也不能当作实相。你想想，我们在上房里，岂有他从外面进来，我们尚不知道的？丫头老妈子坐在院子里是干什么事的，大家都不拦阻他，也不跑上来通报，让他撞到这里来捉奸吗？于今且退一步说，即算老二的心思灵巧，眼睛厉害，对你我起了疑心，想把你姊妹骗出去处死，我就肯放你姊妹就走吗？你安心吧，不要自己疑心生暗鬼，这也怕那也怕。”柳无非道：“你何不替他两人弄点儿差使，打发他们离开这里，免得终日在眼前讨厌？我在你跟前很快活的，一出去见了他，心里就不自在了。待不理他吧，又怕他疑心。每夜要勉强敷衍他一阵，实在没趣极了。妹妹倒好，三爷对她从来不亲热，她对三爷也是冷冰冰的，时常一夜都不开口，所以我说他容易对付，只苦了我一个人。”马新贻点了点头道：“你的意思我明白了。不要性急，我不管你姊妹便罢，既爱你姊妹，老二老三又本是来求我提拔的，我总尽力替他两人谋外放便了，我明的提拔他两人，暗中就是提拔你姊妹。你不知道我心里踌躇，自有踌躇的道理。”柳无非道：“你明白了我什么意思？你以为我是替丈夫求差事吗？我哪里是这种心思。只要使他不在跟前，我心里就安然了。难怪你不肯把你们结拜的原因说给我听，原来这时候还在疑心我是替他们求差事。我姊妹的一片心，真是白用在你身上了。”说时，眼眶儿红了。柳无仪插嘴说道：“我留神看二爷三爷说话，一说到在四川时候的事情，两人言辞都一般的闪烁，连忙拿旁的话岔开，并且都似乎不愿意提自己身家的事。我虽说生得丑陋，然也是千金之体，实不承望嫁这么一个粗人。姐姐只说我的容易对付，却不知道我夜间和他在一床睡着，简直比见阎王还难受。”柳无非道：“我正为他两人都不愿意提自己身家的话，才想追问拜把的原因。”马新贻道：“你们定要问我和他们拜把的原因，我就说给你们听，也没有什么妨碍。你姊妹拿着去对外人说的事，我是料定不会有的。不过恐怕你姊妹听了之后，在我兄弟面前露出生疑的神色来。你知道二爷的心思是极细的，这不是当耍的事。”柳无非道：“我姊妹又不是不知轻重的小孩，这是何等重大的事，岂敢随便露出什么神色？”马新贻道：“只要你姊妹知道轻重，我便说给你听也使得。”接着就将在四川结拜的情形，大概说了一偏。柳无非变了颜色，问道：“这姓张的，就是最凶悍有名的张文祥吗？”马新贻道：“怎么不是？声名虽极凶悍，为人却并不甚凶悍。”

马新贻还在说话，柳氏姊妹都掩面哭起来了。马新贻看了柳氏姊妹发怔，半晌才道：“哦，我一时不曾想到，原来你姊妹和他们还有大仇呢。但是此刻也用不着如此痛哭。当你们初到山东来的时候，我听了你们成亲的事，便知道不妥，这也是老二的糊涂，雪里面岂是埋尸的。”柳无非一面揩着眼泪，说道：“可怜我父亲当日在绵州死得好惨啊。我只道我姊妹是永远没有报仇的时候了，谁知觍颜做仇人的老婆，做了这么久。这也是先父在天之灵，保佑我才有今日。”说着，弯腰向马新贻下拜。柳无仪也跟着拜下去。马新贻一手搀起一个，说道：“我之所以屡次不肯对你姊妹说出他们的身世来，就是为你姊妹和他们有这大仇恨，恐怕你们知道了忍耐不住，郑时聪明，必能料到是我说给你们听的。那时打草惊蛇，他们一走，就反而留下一条祸根。你姊妹向我叩头的意思，我知道。不要着急，让我思量出一个妥当的法子。一则为你姊妹报仇，二则为我自己除去后患。你姊妹只需依遵我的话，万不可在他们面前露出使他们可疑的神色，要紧，要紧！”

柳无非道："倒是心里明白了，情愿故意做出和他亲近的样子来，好把他稳住。"这个姨太太在旁边听到这里，才问是什么大仇恨。柳无非只得将她父亲柳儒卿，在绵州被张文祥那股枭匪杀死的事，简单说了一番。马新贻笑道："我若是命短的，不也是和你父亲一样地殉难了吗？"说至此，那丫鬟又推门送菜进来了。马新贻笑道："今夜为说这些事，把好时光糟蹋了。不但没有得着快活，反弄得一把眼泪，一把鼻涕，等回到西花厅，不使他们看了怀疑吗？我与你姊妹定一个约：我从此心里决不忘掉你姊妹报仇一事，不过从此不许你姊妹再向我提刚才说的这些事了，我们来饮酒作乐吧，不要辜负了好时光。"孙癞子知道已没有可听的话了，不趁这时开了房门在丫鬟之前走出去，说不定以下有不堪入目的事做出。

孙癞子出了密室，心想：郑时原来是这般一个混蛋。马新贻不替柳氏姊妹报仇，将他处死，我也不能让他活在世上。一面是这般思想，一面走出上房的院子，见院门已经关闭了，只得打算从房顶上步出去。才纵身上了房檐，忽看见那密室的房顶上，好像有一个人的黑影子伏着，不觉吃了一惊。暗想：这黑影是张文祥吗？大约他已疑心柳氏姊妹与马新贻有苟且了，所以到这房顶上来偷听。只是他们在密室里细谈，你在这房顶上如何能听得着呢？我既在此地遇着他，何妨上去跟他开个玩笑，看他的胆力武艺何如。想罢，即飞身到了那边房顶。孙癞子是由修道得来的神通，与寻常人由锻炼得来的武艺不同。飞身过去，不但没有声息，因使用了隐形法，并没有人影。尽管有绝大本领的夜行人，也听不出声，看不出形。孙癞子知道张文祥不过是武艺高强，并不曾修过道，以为自己飞过去，张文祥是绝不会知道的，大着胆量朝那黑影走去，谁知还没有近身，那黑影已一闪没看见了。孙癞子暗自吃惊道："倒看不出张文祥的本领不小，竟能知道有我到了他背后。只是他这一闪又跑到哪里去了呢？"正举目待向四面寻觅，陡见一道白光从左边房顶上飞来。孙癞子看了，笑道："原来不是张文祥啊！想不到在这里遇着同道的人了。我不能就这么出头露面，且和他较量较量，再去与他会面，看他是谁，为什么也在这房顶上伏着?”随即也放出剑光来。刚与那白光一交接，那白光即时掣转去了。孙癞子笑道：“怎么呢？难道不能见人吗？既是同道，何妨玩玩。”正想向左边房上追过去，忽见那人已飞过来了，望着孙癞子拱手，说道：“请问老丈尊姓大名？到此有何贵干?”孙癞子忙收了隐形术。不知来的是谁？且待下回再说。

第十七回

报兄仇深宵惊鬼影
奉师命彻夜护淫魔

话说孙癞子见那人拱手问话，忙收了隐形术，看那人的年龄很轻。虽在黑暗之中，因孙癞子修成了一双神光满足的眼睛，能于黑夜中辨别五色，所以看得出那人年龄不过二十来岁。生得骨秀神清，唇红齿白，真算得是一个飘逸少年。心里不觉非常欣羡地说道："自家人不妨实说。我是浏阳孙耀庭，此番因受了朋友的托付，来此救护一个人。请问你贵姓台甫？为何在此时暗伏在这密室之上？"少年听了，也十分高兴似的，说道："学生姓赵，名承规，湖北襄阳人，此来也是奉了师傅之命，在暗中保护一个人。请问老丈要救护的是哪个？"孙癞子心想：这后生难道是来保护郑时的吗？遂答道："此时更深人静，我们在这屋顶上说话多有不便。我很想问你的话，不知你愿不愿意和我离开这里再说？"赵承规略不思索地说道："好极了。看老丈要去哪里，就去哪里便了。"孙癞子遂引赵承规离了巡抚部院。

到僻静处，即停步问道："尊师是哪个？教你到这里在暗中保护谁人？不妨说给我听吗？"赵承规道："敝老师就是沈栖霞师傅，大约也是老丈知道的。她老人家在静坐的时候，知道有人将要谋害马巡抚。马巡抚的母亲曾与她老人家有一段布施的因缘，所以打发我来山东在暗中保护。老丈这番受朋友之托前来救护的，也就是马巡抚吗?”孙癞子摇头笑道：“我要救护的虽不是马巡抚，然有我在这里，也能使马巡抚不被人谋害。尊师曾对你说明将要谋害马巡抚的是谁吗?”赵承规道：“他老人家虽不曾明言，但我已来此五六日，每日在暗中细看马巡抚的举动，只他将来难免不死于妇人之手。若是死于妇人之手，就有十个我在暗中保护，也是无用的。”孙癞子道：“果是死于妇人之手，倒不与谋害相干。我料尊师打发你来在暗中保护马巡抚，不过为尽往日与马巡抚母亲一点私情。实在像巡抚这种人形兽行的东西，岂是尊师所愿意保护的?你自到山东以后，每夜是这么伏在房顶上保护他吗?”赵承规道：“因为不知道要害马巡抚的是谁，又不能亲见马巡抚向他说明。在他跟前保护，只好随时在房上地下逡巡几遍。若是有武艺的人夜间前来行刺，那是可以对付得了的。如果是同道中人有人要刺马巡抚，我想我师傅也不至打发我来保护。”孙癞子笑道：“你所想的不错。将来要谋害马巡抚的人，我倒知道。你也想见见那人吗?”赵承规喜道：“怎么不想见见呢?于今那人在什么地方，老丈能引我去见他吗?”孙癞子道：“见是很容易的，但是你见面不能和他说话。”赵承规道：“为什么见了面不能说话呢?”孙癞子笑道：“这其间道理很难说。我们修道的人做事，也只能尽人事而听天命。若是凡事揭开来说，这种逆天之罪是很重的。即如尊师打发你来保护马巡抚，何以不教你和马巡抚见面，说明来意，使马巡抚好自己加意防范呢?其所以只教你在暗中保护，就是所谓天机不可泄露。”赵承规点头，问道：“那人姓什么，叫什么名字，也不能给我知道吗?”孙癞子道：“不是不能给你知道，也不是你知道了便有什么妨碍，因为你此时不必知道。你后天在城外某处等候，我自设法引那人到城外来，你只见见面认明白他的身材面貌，免得将来弄出乱子。”赵承规知道不肯说的话，就是追问也是不肯说的，便告别要走。孙癞子道：“且慢。你此刻住在什么地方，告我知道。到要紧的时候，我好来找你。”赵承规道：“我有个亲戚在城外开豆腐店，我就寄居在他店里。”当下细说了那豆腐店的地址，即作别去了。孙癞子也就回关帝庙歇宿，心中计算，要如何才能将张文祥引出城与赵承规会面？想来想去，就想出前书中所写引诱的方法来。孙癞子的来历，既经叙述明白，于今却要接着继续写张文祥刺马新贻了。

且说张文祥在树林中问明了孙癞子的来历，忙起身向孙癞子一躬到地，说道：“难得你老人家不远千里前来救我，这恩德只好来生变犬马以图报答。因我与郑时拜盟在十年前，誓同生死。今日他既死于马新贻这淫贼之手，我是决不与马新贻两立的，我也知道马贼身为封疆大臣，要杀他不是容易的事，非拼着把自己的性命不要，是不能取他性命的。”孙癞子道：“这事干不得。你是一个豪杰之士，难道说郑时是不该死的吗？我受了你师傅之托到这里来，是为要劝你趁这时候去红莲寺出家。以前的事，一切不放在心上。像马新贻这种恶人，到时他自有恶报。你此刻要图报仇，休说做不到，便做得到也不值得。”张文祥正色说道：“你老人家和我师傅的好意，我既是一个人，岂不知道感激。郑时的行为，我也知道是有些不正当的，不过不应该死在马新贻手里，马新贻更不应该是这么骗杀。我此心已决，非报了这仇恨，誓不为人，值得不值得我不管。”孙癞子见张文祥一腔义愤之气现于辞色，也不由得心中钦佩，连连点头说道：“大丈夫交友处世，本应如此。但是我劝你趁此时回红莲寺去，一则是因受你师傅的托，不得不这么说。二则因知道马新贻此时死期未到，有本领比你高强十倍的人，在暗中保护他。仇报不了，反把性命送掉的事，不是聪明人干的。”张文祥听了，似乎不耐烦的样子，将那包袱提在手中，说道：“官做到督抚，暗中自有大本领人保护。要等到他没人保护，除非是他死了。我既肯拼着不要自己性命，哪怕马新贻本人的本领比我高强十倍，我也不能因此惧他，便不图报复，于今郑大哥惨死鸿兴客栈，还没人去收尸埋葬。我包袱里尚有一百几十两银子，且去打点他的后事再说。”孙癞子忙摇手阻拦：“去不得，去不得！去就白送一条性命，你知道此刻正关了城门捉拿你吗？你不相信，我不妨带你去瞧瞧。”张文祥忍不住流泪，说道：“我不去装殓郑大哥的尸首，听凭街坊人草草扛到义冢山去掩埋，我心里怎么过得去呢？”孙癞子道：“这事你不用着急，我倒可代劳。只是你万分不能在此地停留，就是要存心报复，也得从容等马新贻的防范疏了，方能下手。”张文祥心想，孙癞子受了我师傅之托，前来劝我回红莲寺，自是不主张我去行险。大丈夫做事，既不求他帮助，何必和他多说，口里答应他便了，免得啰啰唣唣地说得我心思纷乱，当下即对孙癞子说：“你老人家能代我去安葬郑大哥，我非常感激。这里有几十两银子，你老人家拿去办衣裳棺木。这里还有几件衣服，原是买来给郑大哥穿的，谁知却是买来给他装死的。”说时将手中包袱打开，取出了几件衣服和银两，交给孙癞子道：“此时城里正在捉拿我，我决不前去送死。不过我自己还有一点私事不曾做了，不能即刻离开山东。你老人家安葬了我郑大哥之后，请先回浏阳去，我随后就来。”孙癞子明知张文祥报仇之念已决，这是随口敷衍的话，也不好再往下说，收了衣服银两做一包系在腰间。张文祥对孙癞子行了个礼，一面揩着眼泪，一面提着包袱走了。孙癞子并不问他去哪里，也提了酒葫芦旱烟管，回身走进城来。

此时马新贻真个下令满城搜索张文祥，所有的城门都有人把守了。孙癞子先到棺木店里买了一具棺木，叫人抬到鸿兴客栈来，看郑时的尸首，还躺在鲜血之中。街坊上人正在聚议，如何凑钱买棺安葬。见有人抬着棺木来了大家都落得省钱省事，孙癞子刚教人将郑时的尸首移进棺内，只见前面又有人抬着一具棺木来了，棺后还跟着一个骑马的大汉。原来是施星标顾念四川结拜之情，跪求马新贻恩准收尸安葬，所以亲自前来装殓。孙癞子见了，喜道：“既有他这个出头露面的把兄弟来了，安葬的事，我可以不管了。”也不与施星标见面说话，一掣身就从人丛中走了。施星标查问是谁买来的棺木，无人知道，他倒疑心是柳氏姊妹于心不忍，暗自花钱买来的。

马新贻既杀了郑时，吓走了张文祥，很得意地将柳无非收作七姨太太，柳无仪做八姨太太。心里虽也想到了怕张文祥寻仇报复，但是觉得张文祥不过匹夫之勇，自己有这么高的地位，轻易不出衙门。就是出外，也有无穷的人保护，绝不是一人匹夫之勇所能报复的。只亲自挑选了几十名亲兵，夜间轮流在上房的前后院把守，便安然不放在心上了，对施星标说是因四川总督的公文来了，不能不将郑时就地正法。杀了郑时一人，才可以保得住施星标的性命。不然，是免不了受牵连的。施星标信以为实，反感激马新贻是存心开脱他的死罪，益发小心谨慎地在马新贻跟前当差。

且说张文祥别了孙癞子之后，打听得马新贻捉拿他的风声已经平息了，才敢偷进城里住着，心里想道："我若要等到马新贻出来的时候，才上前行刺，是很难得有机会的。我在他衙门里住了这么久，一次也不曾见他出过衙门。他既知道有我在外，自然更不敢出来。我要报仇，就只有黑夜到他衙门里去，连同柳氏两个淫妇一并杀了。我不信他衙门里有能拿住我的人。"主意已定，就在这夜二更过后，独自结束停当，带了利刃，从屋瓦上翻越到巡抚部院来。

张文祥虽是武艺不错，平日蹿房越脊，确能如履平地，无奈巡抚部院，究是武卫森严之地，不比寻常房屋。伏在房檐边偷看上房的前后院子里，都有亲兵擎刀立着，上房门窗紧闭。暗想：淫贼有六个小老婆，夜间不知道他睡在哪个小老婆房里，我如何好下手去杀他呢？眉头一皱，忽转念头道："有了，我身边带了火种，何不去大堂放起火来？那淫贼听得大堂失火，料他不能躲着不出来，大家忙着救火之际，我还怕不好下手吗？"想到这里，即起身提脚，打算翻到大堂上去。可是心里总不免有些怕院子里的亲兵看见，心里一有顾虑，脚就不似平时的自如了。一脚踏在瓦上，哗喳一声响，吓得连忙蹲下身躯不动，侧耳听院子里的兵有没有动静？还好，大家都好像不曾注意。刚待重新立起来，仿佛觉得眼前有一条黑影闪过去，比旋风还快，心里大吃一惊，赶紧抬头张望。这时虽无月色，然星光很亮，数十步以内的人影，在夜行惯家的眼中，是能看得清晰的。只是举眼四望，并不见有人影。暗自诧异道："什么人有这么快的身法？就是飞鸟和闪电，也快不过我两只眼睛，怎么一闪便不见了呢？咦，难道是大哥的阴灵，知道此刻来这里报仇，特地前来帮助我吗？"张文祥正在如此猜想，猛觉身后有什么东西擦得瓦响。急回头看时，只见一个人立在檐边，双手举起一件黑东西，向院子里打去。接着便听得哗喳喳的瓦响，原来打下去的是一大沓屋瓦。那瓦一打到院子里，底下亲兵顿时惊吼起来。张文祥还没看明白檐边的人是何形象，一霎眼便没看见了。逆料既是这么惊动了防守的人，今夜是行刺不成了。哪里再敢停留，也顾不得脚下瓦响，一口气逃出了巡抚部院，躲在一处民家的楼房上，偷看巡抚部院。一时灯笼火把照耀得满衙门都红了，但不见有一个能上高的人。在底下惊扰了好一会儿，才有人用梯子缘上房檐，举火把四外寻觅。张文祥暗骂这班不中用的东西，真活见鬼。等你们此时缘上梯子来还寻觅得着的，也到你巡抚部院来行刺吗？偷看到四更以后，灯笼火把还没有完全熄灭。只得垂头丧气回到住处歇息。

次日，就听得有人传说：昨夜抚台衙门里闹了一夜，瓦在屋上好好的会一大沓地打到上房院子里来，把一个亲兵的头都打破了。马抚台发了怒，每一个亲兵打了几十军棍，因那些亲兵说瓦是鬼打下来的。马抚台大约是一个不信鬼的人，怪那些亲兵不该造谣言。并吩咐，以后如果有人敢再说有鬼的话，定要重办。张文祥听了这些话，心里也疑惑那打瓦的，不知究竟是人还是鬼？待说是人吧，影子不能是那么一闪就不看见了，即算孙癞子有那么快的身法，而看那影子的大小神情，绝不与孙癞子相似。若说是另有大本领的人帮助我吧，便不应该吓我，并打草惊蛇使他们有了防备。帮助马新贻的吧，就应该将我拿住，不至倒用瓦打伤马新贻的亲兵。待说是大哥的阴灵吧，姑无论那影子不像大哥，并且世间哪有这么活现的鬼呢。张文祥心里这般疑惑，却不因此减退报仇之念。第二夜又从房上到了衙门里，一看院子里把守的亲兵更多了，就拼着不要性命，也没有法子能报这仇。一连几夜，简直不能下手。

忽然想起鲁平家里的老头慧海来。记得那日慧海曾说过，如果有为难的时候，前去找他。我于今仇不能报，白天又不敢多出外行走，恐怕被人认识，何不去找他谈谈，他是有能耐的，年纪老，见识也多些，或者他能帮助我也难说。便是他不肯出力帮助，我看他是一个很正气的老头，量不至反帮着淫贼与我为对。这日一早，张文祥就出城到鲁平家来。门外草场上，正有几个很壮健的汉子，练拳的练拳，练棒的练棒，一个个面上都现出十分畅快的样子。张文祥看了，不觉心头羡慕道："还是安分的良民得真安乐，他们心中无所畏惧，无所忧虑，每日不练把式就下田做工。不下田做工就练把式，吃得饱，睡得足，何等逍遥自在。我当日在四川，何尝不可以学他们这么快乐一生。偏要自恃武勇，不肯安分做农夫，情愿倾家荡产，结交一班盐枭，受他们的推戴做头目。自做了盐枭头目以后，便不曾有一时半刻像这样的安闲。弄到而今，一身没有着落还在其次，就是这颗心一想到大哥惨死，顿时比油煎还难受。细想起来，乃是自寻苦恼。枉自练好了一身武艺，哪里及得他们这般享受？"张文祥如此思量着，不由得停步望着练拳的出神。练拳棒的见有人目不转睛地看他们，也都停了拳棒不练，拿眼睛来打量张文祥。张文祥知道初练拳棒的人，最是技痒。如果看的人不留神，露出了轻视的神色和言语，是一定要被责问的，甚至还要较量较量。当时见这几个汉子停了拳棒不练，就提防他们是技痒，要兴问罪之师了，不待他们开口，急忙拱手赔笑道："我是特从省里来拜访慧海老师傅的。随便请哪位大哥进去通报一声。”还好，那几个汉子听说是拜访慧海师傅的，立时都把寻是非逞身手的念头打断了。其中有一个练拳的走过来，打量了张文祥两眼，问道：“你前次不是曾到我家来过的吗？”张文祥连连点头应是。这人向前走着道：“请随我来。”张文祥跟着走进前次坐的那间客房里，这人自到里面通报去了。

不一会儿，只见慧海笑容满面地支着拐杖出来，很亲热地说道：“张大哥辛苦了，怎的这么早？”张文祥一面迎上去行礼，一面暗地诧异。记得前次在这里随口答应姓王，并没说出真姓，何以他会知道我姓张，称呼我张大哥呢？慧海答礼，让座，说道：“我一向很担心张大哥在省里不大方便，几次打算到省里去接张大哥到这里住些时，一来因多了几岁年纪，真是老朽了不堪劳动。二来也恐怕张大哥多心，弄巧成拙。张大哥不知道我是谁，我却是知道张大哥的。不但知道，说起来还很有些瓜葛呢。”张文祥很不安似的望着慧海，不知道究竟有什么瓜葛？慧海继续道：“尊师不是无垢和尚吗？”张文祥连忙应是。慧海道：“你知道无垢和尚的俗家姓什么？原来叫什么名字吗？”张文祥面上好像透着惭愧的神气，说道：“不知道。我当日也曾问过他老人家，无奈他老人家硬不肯说。我因出家人多有不肯拿在俗时的姓名告人的，大半由于出家是不得已的事。一提起俗家姓名，就不免触动多少感慨，也有说出真姓名告人，并没有什么妨碍的。所以我不敢根究我师傅的姓名。”慧海点头道：“你师傅若拿真姓名告人，并没有什么妨碍，也没有什么感慨可触动。不过你师傅生成要强不示弱的性格，与别人不同，说起来只是一桩笑话。你既不知道你师傅的姓名，他的身家履历，不待说是更不得而知了。”接着，将田广胜、周发廷、雪山和尚三人同学剑术，及田义周在仙人溪与朱镇岳交手受伤，朱镇岳入赘田家，田义周愤而出走的话说了一遍道：“你师傅就是这个赌气跑出来的田义周。从那次跑出来，至今不但不曾回过家，并一字的音信也没有通过。朱、田两家的人，到处都寻访了一阵，访不出下落，只得罢了。几十年来，大家心里以为他已不在人世了。直到近来孙耀庭到了山东，因他是在峨眉山学道的人，曾在毕祖师处见过师傅，向我说起来我才知道。”张文祥问道：“孙耀庭老丈，你老人家认识吗？”慧海道：“都是说起来才认识的。我的话还没有说了，我不是刚才对你说，与你还有些瓜葛的吗？有些什么瓜葛呢？我与你师傅是同门的弟兄，你还有一个师伯名孝周，因带兵与发逆交战，在广西阵亡了，只是尸首不知下落，你师祖田广胜派我们几个徒弟寻尸，并吩咐我们道：‘谁寻着了孝周的尸首回来，便招谁做女婿。’偏偏被魏壮猷那小子寻着了，他就做了田家的女婿，和你师祖是一家人了。你师祖原有两个女儿，魏壮猷配了个小的。我那时少年意气，想做你师祖的小女婿。你师祖不肯，我也就赌气离开田家了。这都是少年时候的荒谬举动，过了些时回想起来，委实有些觉得对不起人。二十年前遇着雪门师伯，他劝我出家，我因此皈依了佛法，赐名慧海。雪门师伯原是要我披剃的，我一想我本是个无家的人，若一披剃认真做了和尚，在某寺某院当起住持来，无家反变成有家了。我一生是东飘西荡，随遇而安，没有一定住处的。既当了某寺某院的住持，就不能再和从前一样东飘西荡，随遇而安。那么一来，是出家反变成在家了。三来修行重在守成，落发不落发，完全不与修行相干。我不落发，没有拘束，一落发就拘束得寸步难移了。所以我就做了现在这个不落发的和尚。”

张文祥听到这里，从容立起身，恭恭敬敬地对慧海叩头道：“原来是师伯。你老人家不说出来，小侄怎得知道？”慧海伸手搀起张文祥道：“你前次到这里来的时候，我眼里虽已看出你是一个会武艺有侠气的人，然尚不知道就是田义周的徒弟。你走后，孙耀庭就到这里来了。我才知道赵承规也是孙耀庭约了到这里来的，你那日不是曾在这里与赵承规会过面的吗？”张文祥应是，问道：“师伯的真姓名，不能说给小侄听吗？”慧海笑道：

“有何不可。只是我二十年不用这真姓名了，说出来除了几个少年时在一块儿的朋友，谁也不知道这姓名是何等人。我俗姓史，名卜存，原籍直隶广平。你这回受的委屈，我完全知道。孙耀庭因为你不听他劝的话，赌气回浏阳去了，打算教你师傅亲自来山东劝你。赵承规也因为不听孙耀庭的劝，执意要在这时候报仇。他是奉了他师傅沈栖霞的命，特来保护马抚台的人。假使你的仇报成了，他便不能回襄阳见他师傅，因此只得每夜时刻不离地在巡抚部院保护。”张文祥听了，心里才明白那夜打瓦的是赵承规。慧海又道：“孙耀庭为恐怕赵承规将你作寻常刺客看待，在黑暗中遇着，使出他的飞剑来。你虽武艺不错，然完全是血肉之躯，怎能抵敌道家的宝物？费了多少心思，方将你引到这里与赵承规会面，只是那时的杀机还未动。日后的事，孙耀庭虽有预知的道行，全不敢事先揭穿，恐遭天谴。这番的事，孙耀庭实在是煞费苦心。若没有他，你的性命就不送在鸿兴客栈，也早已送在巡抚部院的房檐上了。难得你今日忽然想到了我身上，巴巴地跑到这里来。我就看在无垢和尚分上，也得劝劝你。孙耀庭说，郑时这种又热衷利禄又好色无品行的人，本是应该杀的。马新贻便不杀，他也要杀死的。这算不了什么仇恨，你犯不着拼性命去图报复。他这话虽也是正理，但我却不以为然。我辈为人，讲的是义气，重的是情义。这人行为不正，我看出来了，早就不应与他结交。结交之后才看出来，就应该苦口劝诫。劝诫不听，只好说明绝交。既绝交以后，他的存亡荣辱，我便可以不过问了。至于你和郑时，我听说十多年来比亲兄弟还要亲热。同荣辱，共生死，不是一两次，那就不是寻常结交朋友的可比。朋友尚且须到明示绝交之后，方可视同路人，你和郑时还正在共患难的时候，他忽被人惨杀了，而杀他的人，又是与你也有仇恨的马新贻。我知道你不报这仇，是决不肯善罢甘休的。”

张文祥听到这里，已止不住泪如雨落，立起身看了看门外。慧海道：

“这地方若是有不能说话的，我如何敢对你说这许多话呢？”张文祥见门外果然寂静无人，便说道：“我情愿与郑大哥一同死在那淫贼手里，淫贼能杀死我便罢了，没有人再出头替我和郑大哥报仇。若他不能把我杀死，我留着性命在世一日，是要努力报一日仇的。哪怕那淫贼福再大，不等到我的刀刺进他胸膛，他先自病死了，我也得翻出他尸骨来，戳他几个透明窟窿，以泄我胸头之恨。你老人家刚才说那淫贼与我也有仇恨，这话我却不能不说明。我对那淫贼，除了为他惨杀我郑大哥而外，丝毫仇恨也没有。你老人家以为他奸占了我的老婆，我是应该恨他的。这事不仅你老人家是这般想，大概除了我已死的郑大哥，没有第二个人知道我的心事。那淫贼若不是这般骗杀我郑大哥，仅奸占了柳氏姊妹做小老婆，郑大哥心里或者不免有些难过，然也不过一时。至于我心里，倒觉得非常庆幸，非常安慰。并不是我事后故意在师伯面前说这种矫情的话，实在当日郑大哥教我与柳氏成亲，就是迫不得已，奉行故事一般的举动。自从搬进巡抚部院里住着，我心中觉得对柳氏时刻不安，亲近不得，疏远不得，正拿着不好怎生摆布。难得她肯与那淫贼苟且，就好像读书上遇着一个难题目，做不出文章，忽然有人替他代做了，他岂有不欣喜的道理？”慧海笑道：“我知道你这话并非矫情。孙耀庭说他曾亲耳听得郑时在巡抚部院西花厅里，劝你亲近柳无仪。孙耀庭就因听了你那番回答郑时的言语，才知道你是一个好汉。若不听了你那言语，他虽是受了你师傅之托，然到山东后，因知道你和郑时娶柳氏姊妹的事，就很惊讶无垢和尚收了你这么一个徒弟？以为似这般好色的人，受凶险是应该的，值得数千里托人前来救护。及知道你果是一个好汉了，就只可惜你结交错了人。不过，于今这些话也都不必说了。我要劝你的话，不是劝你不报仇，是劝你不要性急。你应该知道‘君子报仇在三年’的那句老话。孙耀庭也曾对你说过的：马新贻此时死期还没有到，所以偏巧有沈栖霞师傅那般人物在暗中帮助他保护他。但是沈师傅也只不过略尽人事，难道能在暗中保护马新贻一生一世吗？我劝你暂时回红莲寺去最好。等到有机可乘的时候，再出来报仇。是易如反掌的事。”不知张文祥听了依遵与否？且待下回再说。

第十八回

闻警告暂回红莲寺
报深仇巧刺马新贻

话说慧海劝张文祥暂时回红莲寺去，且等有机可乘的时候再出来报仇。张文祥道：“沈师傅是个修道的前辈，她老人家何苦庇护一个人面兽心的马新贻，使我郑大哥冤死九泉，仇恨不能申雪呢？”慧海道：“你这话也就和孙耀庭说你一样了。各人有各人的私情交谊，不可一概而论。总之，你志在报仇，非做到决不放手。而沈师傅志在报德，非尽力保护马新贻，于心不安。但是她保护的，只能保护一时，不能保护终身。你何必定行在这时候自找麻烦呢？我因与两方都有交情，不愿意眼看着自己人动手相残杀。所以劝你回红莲寺去，暂且忍耐些时，自有你报仇的机会在后。”张文祥听了，低头不语。慧海接着说道：“我在四十年前，无意中得了一把好刀，真是削铁如泥，杀人不沾血。不过于今在我手里，已没有用处了。你将来报仇时是用得着的，我就送给你吧。”旋说旋起身撸起长袍，从腰间解下一把刀来，张文祥看那刀觉得很怪，刀叶连柄虽有二尺四五寸长短，三寸来宽，但是刀背还不到一分厚薄，变成个半月的钩儿。只见慧海右手握着刀柄，左手捏着刀尖，只一拉扯，刀叶顿时拉直了。不过左手放开，刀叶仍旧转了过来。慧海举起来，向桌面上只一拍，那刀叶即直挺挺的，和寻常单刀一般模样。慧海指着这刀，笑向张文祥道：“这刀在我腰里四十年，也不知诛了多少贪官污吏，淫妇奸夫。因你也是一个侠义的汉子，才愿意送给你，可算得是你的一个好帮手。”说着，递给张文祥。张文祥连忙起身双手捧接，觉得轻如箬叶，口里自是极力称谢，心里不免有些怀疑。暗想：这么轻薄这么柔软的刀，使用起来，不但不能挡格人家的兵器，就是杀在人身上，又如何能着力呢，心里如此一怀疑，两眼便不由得怔怔地望着刀叶出神。慧海似乎看出了他怀疑的意思，即说道：“这种刀出在缅甸，每一把刀，须费一二十年的工夫才能锻炼成样，向桌面上一拍，就是这般直挺挺的了。不用的时候，不仅可以缠在腰间，并能盘成一圆饼儿，系在腰里。不过没练过武艺的人，不能使用罢了。就是会武艺的，初次使用，也难免觉得有些不称手。渐渐懂得了这东西的性格，便知道比一切的刀都好使了。”张文祥听了才明白这刀的来历。当下又称谢了一番，也向腰间缠了，遂作辞出来。临行前，慧海叮嘱：万不可在这时候去冒险报仇，白送了性命。

只是张文祥是个热烈的汉子，一时怎能将报仇的念头完全放下？夜深还是偷进巡抚部院。无奈有赵承规时刻不离地保护着，张文祥一到马新贻睡觉的房屋上，赵承规就在暗中抛砖掷瓦警告下面巡守的兵士，总弄得张文祥没有下手的机会。张文祥虽是愤恨赵承规比恨马新贻还厉害，但自己的本领不是赵承规的对手，简直没有泄愤的方法，一连几夜都是空劳往返。这夜，在黑暗中忽听得赵承规的声音说道：“张文祥，你也太不识好了。我若不看在你师傅无垢和尚与你师叔慧海的情面上，谁耐烦三番五次地和你纠缠？你如果明日再不离开山东，就休怪我姓赵的不讲情。”张文祥耳里听得分明，眼前却不见有人影。仔细思量：慧海叮嘱的话，不能不听。只好暂让这淫贼多活几时，等他恶贯满盈了，再来取他性命。遂忍气吞声地离了山东，悄悄地回红莲寺来。

他到红莲寺不多时，无垢和尚就死了。此时的知圆和尚虽则还年轻，然一则因他是无垢最得意的徒弟，二则因满寺的和尚当中，只有他是文武兼全的，众僧人都愿意推戴他做当家。张文祥回到红莲寺的时候，无垢曾几番劝他从此削发，他执意不从道：“我既削了发，披上了僧衣，便应该遵守戒律，不能再干杀人报仇的事。我只要大仇报了，立刻出家不问世事。”无垢见他这么说，只得摇头叹道：“孽障，孽障！要等到报了仇再出家，只怕已是来不及了啊。”张文祥也不理会，闷闷地在红莲寺住了两年。打听得马新贻已由山东巡抚升两江总督了，心想：这是我报仇的机会，不相信赵承规直到今日，还在那淫贼跟前保护，遂即决定前去南京报仇。动身的时分，才对知圆和尚说道：“我此去南京，若不能将仇报了，誓不回来。前年在山东的时候，承慧海师叔送给我一把缅甸刀，他老人家原是送给我报仇时用的。但是这刀有好处，也有坏处。好处在刀锋犀利无比，无论接连杀多少人，不至有卷口斫不断的毛病。坏处却在只能挥斫，不能戳刺。并且我习练了若干时候，还觉得用不惯。万一因这东西靠不住，误了我的大事，后悔不及了。我原有一把八寸长的匕首，已随身用过多年了，能刺透十层厚牛皮，不闻得响声。我还是带它去得妥当。这缅甸刀也非易得之物，就转送给老弟做个纪念吧。”边说边从腰间解下那缅甸刀来，交给知圆和尚。知圆料知是不能劝他不去报仇的，只得叮咛他小心谨慎。那把缅甸刀，从此就留在红莲寺了。后来陆小青遇着的，正是这把缅刀。

且说张文祥身边藏了匕首，从红莲寺动身独自到南京来。此时赵承规虽早已不在马新贻跟前保护了，然马新贻自从在山东闹过那几夜刺客之后，知道张文祥不死，必存心替郑时报仇，因此防范得极严。尤其是夜间，每夜必更换几次睡处。到天明，连上房里的丫头老妈子，都不知道马新贻的睡处。张文祥夜深偷进总督衙门探了好几次，简直探不出马新贻睡在哪里，不由得非常纳闷。马新贻在白天又不出来。张文祥从二月间就到了南京，直等到八月里，竟不曾一次见着马新贻的面。好容易等到中秋这日，才得着了八月二十日马新贻亲到校场坪看操的消息。张文祥这一喜就非同小可了，心想：这淫贼既亲自出来看操，便不愁刺他不着了。不过他是一个贵极人臣的大官，一般人都说，大富大贵的人，身边常有百神呵护。这话虽荒唐不足信，然我既要报仇，何妨且去城隍庙，拜求城隍菩萨，怜我一片苦心，在暗中助我成功。张文祥平时原不信神鬼的，这时却买了香烛，走进城隍庙，痛哭流涕地跪在神前默祷了一番。捧卦在手，祝道："弟子这仇恨若这回能报得了，求连赐三回胜卦。这回报不了，就求连赐三回阴卦。"祝毕，将卦掷下，得了一回胜卦，心中欣喜。又掷又是胜卦，第三回还是胜卦。于是又祝道："若就在八月二十日能报这仇，仍求菩萨连赐三回胜卦，不能就是阴卦。"想不到掷下去，乃是阴卦；再掷再是阴卦，掷三回还阴卦。张文祥不由得着急道："菩萨既许弟子的仇能报，八月二十日是那淫贼看操之期。这日不能报，过后又如何有机会给我去报呢？说不得麻烦了菩萨，弟子只得细细地叩求明白：既是八月二十日不能报，若二十一日能报，仍求赐三卦回胜卦。"掷下去还是三个阴卦。又问二十二，也是三个阴卦。又问二十三，倒连掷了三个胜卦。张文祥心中疑惑道："这就奇了。二十日淫贼出衙门看操，我倒不能报仇，错过了这个机会，哪里再有给我下手的时候呢？城隍是阴间的官，总督是阳间的官。常言官官相卫，只怕是城隍爷有意庇护这淫贼，存心是这般作弄我。我忍气吞声地等到了今日，也只听天由命，顾不得城隍爷赐的卦象。二十日便是报不了，也得下手。"

出了城隍庙，就思量要如何才能近马新贻的身，忽然暗喜道："有了！从总督衙门到校场，没有多远的道路。总督出来，照例文武僚属，均得站班伺候。我何不办一副纱帽袍套，假装一个候补小老爷，混站在佐杂班子里面。南京几百名候补的小老爷，有谁能个个认识呢？等到淫贼在我身边经过的时候，我才动手，还怕他逃得了?”主意已定，即买办纱帽袍套。只等到了二十日，就穿戴起来去站班。谁知度日如年地等到八月十九夜，不做美的天，忽下起雨来。平常七八月的雨，多是下一阵便停止不下了。偏是这回的雨，下了整夜，二十日天明还不止。只下得校场里水深数寸，早饭后还淅淅沥沥地下着。马新贻只得临时悬出牌来，改期迟三天再看操。张文祥到这时才信服城隍真灵验。

到了二十三日，张文祥起来穿戴整齐之后，当天摆了香案，跪地默祝他郑大哥在天之灵，暗中帮助他报仇成功。但是他毕竟不是做官的人，不知道官场的习惯。又是独自一个人，没有当差的去打听消息。想不到马新贻下校场的时候早，等张文祥赶去时，马新贻已到校场好一会儿了。校场上拥护马新贻的人太多，候补小老爷没近前的资格，恐怕被马新贻看出破绽，反为偾事。逆料看完了操回衙的时候，文武僚属还是免不了要站班伺候的，只得混在校场中等候。好在南京没有认识张文祥的人，而头上戴了纱帽，遮去了半截面孔，就是熟人，不注意也认不出来。任凭马新贻如何机警，如何防范，无如在山东时结下的仇怨，事已相隔三数年了，路也相隔数千里了，又正在官运亨通、志得意满的时候，有谁平白无故地想起几年前的仇人来呢?

说到这里，又似乎是马新贻的恶贯已盈，合该死在张文祥手里。这日他下校场看操的时候，原是乘坐大轿，两旁有八个壮健戈什围护着去的。若下午回衙的时候，还是这般围护着，张文祥的本领虽高，匕首虽利，也不见得便能将马新贻刺死。偏巧马新贻看操看得得意，因回衙门没有几步路，一时高兴起来，要步行回衙。他是做制台的人，他既要步行不肯坐轿，谁敢勉强要他坐轿?在他以下的大官，当然都逢迎他的意思，陪着他一同行走。一般小官，都齐齐整整地分立两旁，排成一条甬道，从校场直排到总督衙门的大门口。马新贻在四川做知府的时候，身体本来肥大，此时居移气，养移体，益发胖得掩着肚子如五石之瓢了。那时做官的人，最讲究穿着袍褂踱方步，以为威严。平日闲行几步，尚且要摆出一个样范来。此时满城僚属，都排班在两旁伺候，自然更用得着起双摆了。一面挺起肚皮大摇大摆地走着，一面微微地向两旁的官员点头。哪知道已走近自己衙门了，猛然从身旁跳出一个袍褂整齐的官儿来，迎面打了一个跪，口称给大人请安。安字还不曾说出口，一把雪亮的匕首，已刺进马新贻的大肚皮里面去了，马新贻当下惊得哎呀一声，来不及倒地，张文祥已把匕首在肚皮里只一绞，将肚皮绞成一个大窟窿，肠子顿时从窟窿里迸了出来。马新贻认明了张文祥，还喊了一声："拿刺客！"才往后倒。可怜那些陪马新贻同走和站班的官儿，突然遇了这种大变故，没一个不吓得屁滚尿流，有谁真个敢上前拿刺客。只几个武弁的胆量略大，然也慌了手脚，只知道大家口里一片声跟着大喊：拿刺客！究竟也没人敢冒死上前。

张文祥从容拔出匕首来，扬着臂膊，在人丛中喊道："刺客在这里，决不逃跑，用不着你们动手捉拿。"众人见张文祥没有反抗拒捕之意，方敢围过来动手，将张文祥捉住，马新贻左右的人，已将马新贻抬进了衙门。马新贻双手抓住自己肚皮上的窟窿，向左右心腹人道："赶快进上房去，将七姨太八姨太用绳索勒死，装在两口箱里，趁今夜沉到江心里去。施星标夫妇，也得即时处死，不可给外人知道。"吩咐了这番话才咽气。他左右的人，自然遵照他的遗嘱行事，柳无非姊妹和施星标夫妇，真是做梦也想不到是这般结局。马新贻之所以遗嘱将四人处死。因他在四川与郑时等拜把，及诱奸柳氏姊妹的事，若揭穿出来，自己的罪恶也很重，清廷必议他死有余辜，倒被张文祥得了一个义士的好名声。以为自己罪恶，当时除却张文祥，只有这四人知道，留着活口作证，总不稳便，不如赶紧一股脑儿杀却。事后由张文祥一个人供出来，事无佐证，同僚的官员，便好上下其手了。

真亏他的心思有这般灵敏，身受重伤命在呼吸的时候，尚有这种怕人的手段使出来。这桩惊天动地的大案，毕竟就因他使了这种手段，曾国藩才敢抹杀一切事实，凭空捏造出一段寻常匹夫报仇的情由，奏报清廷，险些儿把这个顶天立地的张文祥埋没了。

当时张文祥束手就擒之后，有职责的官员，便提出他来审讯。他爽爽直直地说道："你们无须审问我为什么杀马新贻。杀人抵命，马新贻是我杀的，快将我杀了抵命便了。"这些问官，遇了这样重大的案件，岂敢就这么糊里糊涂地定案，不问出一个所以然来。只是无论如何诘问，张文祥只咬定牙根，一字也不肯吐出报仇的缘由。当时南京的官府和人民，虽都能猜度这案子里面，必含有奸情，然因无从知道张文祥的来历，猜不透这奸情从何而起。马新贻是曾国藩提拔的人，一旦出了这变故，他恐怕办理不得法，连累自己，就奏请派他审理。

这种骇人听闻的事，那时清廷也要办个水落石出，便准奏钦命曾国藩专办这案。旁的官员审问张文祥的时候，张文祥不过不肯供出报仇事由来。曾国藩来审问他，倒惹发了他的性子，横眉怒目地指着曾国藩大骂道："你配来审问我吗？像马新贻这般人面兽心的东西，你瞎了眼，一力将他提拔，到今日你还有脸来问我吗？我没有话对你说。我杀了人自愿偿命，还有什么话说？"曾国藩究竟是一个学养兼到的大人物，被张文祥这么指手画脚地大骂，并不生气，反像很爱惜张文祥的，含笑点头，说道："看你这般气概，倒是一个好汉。你做事，既是光明磊落，何不照实说出来，使大家知道？何苦担着一个凶手的声名，死得不明不白呢？"张文祥听了，冷笑一声说道："你休想用这些甜言蜜语来骗我的供。我只知道你不配问我的话，我就有千言万语，宁死也决不对你说一个字。"曾国藩见他这么说，只得问道："我不配问你的话，谁配问你的话呢？你的千言万语，必对谁才说呢？"张文祥道："要问我的供，除了当今天子，就只有刑部尚书郑青天才配。此外随便什么人来，我只拼着一死，没有第二句话说。”曾国藩心想：刑部尚书郑青天，就是长沙的郑敦谨，果然是一个清廉正直的人。这斯既说非郑敦谨来不肯吐实，只好奏明圣上，求派郑敦谨来审。不知清廷准与否？张文祥又如何吐供？且待下回再说。

第十九回

郑青天借宿拒奔女
甘瘤子挟怨煽淫僧

话说那时曾国藩奏事，清廷无不照准。没几日，就钦命郑敦谨到南京帮审。圣旨下来，倒把个郑敦谨吓了一跳。因他并不知道张文祥是何如人，更猜不出何以满朝大小官员，何止千数，独独地看中了他，指名要他来审问，方肯吐实。行刺总督的凶犯非比寻常，万一弄出些嫌疑到身上来，岂不糟了？饶他郑敦谨平日为人极清廉正直，遇到这般意外的事，心里也不免有些着虑。诚惶诚恐地奉了圣旨，只带了一个女婿到南京来。他与曾国藩原是同乡有交情的，以为帮同曾国藩审理这案，自己处心无愧，是不愁有嫌疑弄到身上的。到南京这日，就与曾国藩同坐大堂，提出张文祥来审问。曾国藩道："你要刑部尚书郑青天来方说实话。于今郑青天已奉了圣旨来帮审，你这下子还不实说吗？"张文祥听了，即抬头看了郑敦谨一眼，点了点头，说道："有郑青天来了，我也不说。只能由郑青天一个人问我，并且用不着坐堂，不将我凶犯跪着，我才肯说。"曾国藩为要问出张文祥实在的口供，只得一一依允。当即退了堂，请郑敦谨单独坐花厅审问。郑敦谨在大堂上见了张文祥的面，心里方明白指名要他来审问的理由。

原来在十年前，郑敦谨曾有一次步行到浏阳去扫墓。不料，在半路上遇了大雨。随身不曾带得雨具，附近又没有饭店，只得到一个绅士人家去暂避。谁知那雨却落个不休，看看天色已晚，不能不在这人家借宿。只是这家的男主人，因到长沙省城里去了，不曾回来。女主人是一个二十来岁的少妇，真是生得芙蓉如面柳如眉，秋水为神玉为骨。郑敦谨这时的年龄，也还只有三十多岁，仪表也生得俊伟异常。这绅士人家的下人，见了郑敦谨的容仪举动，知道不是平常过路的人，当即报告了女主人。谁知这女主人一见郑敦谨，就动了爱慕的心思。只因有当差的和老妈子在旁边，不能对郑敦谨有所表示。郑敦谨是个诚笃君子，哪里看得出这女主人动了爱慕他的念头呢？凑巧大雨下个不止，这女主人正合了她的愿，殷勤留郑敦谨歇宿。郑敦谨受了这女主人的优遇，心里还说不尽的感激。女主人因存了挑逗郑敦谨的心思，一一盘问郑敦谨的身世，而郑敦谨因为感激女主人贤德，存心将来要帮助她的丈夫，以报这番优待的好意，也一一盘问她丈夫的为人行事。这女主人却误会了郑敦谨的用意，以为和她自己是一般心理。她家的客房，原与上房相隔很远的，女主人既对郑敦谨动了邪念，这夜留郑敦谨歇宿，便特地打扫了一个与上房邻接的房屋，亲送郑敦谨就寝，郑敦谨毫不注意地睡了。正睡得酣酣的时候，忽觉得有人用胳膊轻推了几下。忙睁眼看时，房里的灯光，照彻得满房透亮，只见女主人浓妆艳抹地立在床前，两只俊俏眼睛，如喝醉了酒的人一样，水汪汪地向人脸上望着，一手支着床柱，一手搭在他胳膊上，继续着轻推了一下，发出又娇又脆的声音，说道："怎么这般难醒？独自一人冷清清的，也睡得着吗？"郑敦谨一见情形，顿时吓得翻身坐了起来，避开女主人的手，说道："这时候，来推醒我做什么？无礼的事做不得，请快出去吧。"女主人想不到郑敦谨会这么拒绝，已到了这一步，哪里还顾得到廉耻上去。一点儿不踌躇，就伸手赶过去拉了郑敦谨的手，说道："你是个男子汉，怎的这么拘板？这时候外面的人都睡尽了，这里面除了你我，一个人也没有，你还怕什么？"郑敦谨连忙甩开手，从床头跳下地来，说道："我郑敦谨岂肯干这种无礼的事。我看你家里的气派情形，可知你丈夫也是一个有体面的人。他于今有事到长沙去了，将家事托付给你，你就忍心背着他，和我这个过路不相识的人，干无耻的勾当吗？快回房吧，不要惹得我大声叫唤起来，丢了你丈夫的颜面。”凡人的兽欲冲动，只在一时。欲火一退，廉耻的念头就跟着发生了。女主人一腔欲火，郑敦谨这几句话说得如汤泼雪，立时羞得低下头去，悔恨交集，原是伶牙俐齿会说话的，一下子一句话也说不出了。连脚都像钉住了的，也不知道走了。郑敦谨看了她这难为情的样子，便又说道：“请回房去。”女主人才似乎被这句话提醒了，提脚往外就走。走到房门口，又停步回身向郑敦谨道：“我一时该死，做出这种下贱事来。幸遇先生是至诚君子。我于今有一句话，要求先生可怜我。我今夜这番下贱的行为，要求先生不对人说。”郑敦谨正色说道：“请放心，你就不求我，我也决不至对人说。你不相信，我可以当天发个誓你听。”女主人不待郑敦谨说下去，却双膝跪地，对郑敦谨叩了一个头，立起身，一言不发地回房去了。郑敦谨看女人面上，已流了许多眼泪，不由得独自就床沿坐下，叹息人欲之险。

刚待起身仍将房门关好，再上床睡觉。猛不防劈面走进一个壮士来，吓得郑敦谨倒退了两步。看这壮士包巾草履，身穿仄袖扎裤脚的青布短衣靠，双手空空的，并未携带兵器，只腰间斜插了一把尺多长的短刀。那种英武的气概，真是逼人。但脸色很和悦地跨进门来，郑敦谨料知不像这家的仆役，正要开口问他是哪里来的、到此何干的话。那壮士已双手抱拳，说道：“难得，难得！真是至诚君子，小子钦佩得了不得。顾不得冒昧，要来请教姓名。”郑敦谨听寻壮士说话，带着些四川口音，便随口答道：“我是长沙郑敦谨。请问你是哪里来的？半夜到这里来干什么？”那壮士笑道：“我是过路的人，到此因短少了盘缠，特地到这富豪家里来借盘缠。合该他家不退财，有先生这样至诚君子在此借宿，我又怎敢在至诚君子面前无礼呢？没奈何只能换一家去借了。”说毕，又抱拳向郑敦谨拱了一拱，转身就往外走。郑敦谨还待问他的姓名，无奈他身法矫捷非常，一霎眼就出房去了。郑敦谨赶到房门口看时，此时虽已雨过天明，院中有很明亮的星月之光，但是看不出那壮士走哪方去的。看官们看到这里，大概不待在下说明，已都知道那壮士便是顶天立地的张文祥了。张文祥自这次见过郑敦谨之后，心里十二分地钦佩。到长沙一打听，方知道郑敦谨是个刑部尚书，二十多年前曾做过好几任府县官，到处清廉正直，勤政爱民，各府各县的百姓，都呼他为郑青天。就是长沙一府的人，说郑敦谨三字，或者还有不知道的人。一提起郑青天，确是妇孺皆知的。不过张文祥可以打听郑敦谨的履历，而郑敦谨却无从知道这夜所遇的是张文祥。所以直到这番和曾国藩同坐在大堂上，提出张文祥来，才看出就是那夜所见借盘缠的人，只是不知道张文祥何以指名要他来审问才肯吐实的理由，心中总有些着虑，恐怕张文祥说出在浏阳会过他的话来。

退堂之后，只带了两个随身仆役，很不安地坐在花厅上，吩咐提张文祥上来。张文祥虽是个重要的凶犯，然因是他自己束手待擒的，衙门中人都称赞他是个好汉，一点儿没有难为他的举动。他身上的衣服，只脱去了一件纱套，还穿着团花纱袍，也没上脚镣手铐，只用一条寻常的铁链，锁住手腕，只不过是形式上表示他是一个犯人而已。由一个差头将他牵到花厅里来，郑敦谨指着下边的椅子，叫他就座。他也不客气坐了下来，说道：“大人要犯民照实吐供，请先把左右的人遣退。犯民若存心逃走，随时都可以逃走，不待今日，并且也不是几个寻常当差的人所能阻挡得住的。这位大哥，也请去外边等着。”说时，回头望着牵他进来的差头。差头自不敢做主退出去。郑敦谨知道张文祥是个义士，绝不至在这时候乘机逃走。便向随身仆役和差人挥手道：“你们暂去外边伺候。”三人即应是，退出去了。

张文祥见三人已离开了花厅，才对郑敦谨说道：“犯民在未招供以前，得先要求大人答应一句话。大人答应了犯民才敢实说。不然，还是宁死不能说出来。”郑敦谨道：“你且说出来，可以应允你的自然应允。”张文祥道：“犯民在这里对大人所招的供，大人能一字不遗地奏明皇上，犯民自是感激高厚之恩，若因有妨碍不能据实奏明，就得求大人将犯人所供的完全隐匿，一字不给外人知道。听凭大人如何复旨，犯民横竖早已准备一死了。”郑敦谨见张文祥说得这般慎重，料知必有许多隐痛的事，全不迟疑地答道：“你尽情实说了便了。无论如何，决不给外人知道。”张文祥道：“大人虽亲口应允了，只是犯民斗胆求大人当天发一个誓，才敢尽情实说。”郑敦谨待说明用不着发誓的话，忽然想起那女主人要求不对外人说时的情景来，不由得暗自思量道：“我为求一个淫奔之女见信，尚可以当天发誓，于今对这么一个勇烈汉子，有何不可发誓呢？并且他既求我发誓，也无以使他相信我不至告人。”当下遂发了一个严守秘密的誓。张文祥听了，立起身来，恭恭敬敬地向空叩了个头，说道：“大哥在天之灵听者：我于今已替你把仇报过了！你我的事情，今日实不能不说了，你休怪我不替你隐瞒啊。”说罢起身，重行就座了，才一五一十地从在四川当盐枭时起，直到刺倒马新贻止，实实在在供了一遍，只没提红莲寺的话。供完了，并说道：“马新贻若不是临死遗嘱，将柳氏姊妹及施星标夫妇处死灭口，有四个活口作证，犯民早已照实招供出来了。今马新贻既做得这般干净，犯民就照实供出来，常言官官相卫，谁肯将实情直奏朝廷呢？既不能直奏朝廷，与其将真情传播出去，徒然使我郑大哥蒙不美之名，毋宁不说的为是。所以犯民得先事求大人除直奏上去，永不告人。”郑敦谨因地位的关系，不便如何说话，只得叫差头仍将张文祥带下去，自己和曾国藩商量。他竭力主张照实奏明，曾国藩哪里肯依呢？一手把持了不肯实奏。郑敦谨也因这案子若据实奏上去，连曾国藩都得受重大的处分，自顾权势远在曾国藩之下，料知就竭力主张，也是无效的。然不据实出奏，就得捏造出一种事由复旨，又觉于心不安。思量了许久，除去就此称病挂冠归里，没有两全之道。主意已定，便从南京回到长沙乡下隐居不问世事了。终郑敦谨之世，不曾拿这案子向人提过半个字。幸亏当日出京的时候，带了一个女婿同行。这位女婿乘张文祥招供的时分，悄悄地躲在那花厅屏风背后，听了一个仔细。郑敦谨去世之后，他才拿出来对人说说。在下就是间接从他口里听得来的。

这件案子叙述到这里，却要撇开它，再接叙那红莲寺的知圆和尚了。为写那知圆和尚一个人的来历，连带写了这十多回书。虽则是小说的章法稍嫌散漫，并累得看官们心焦，然在下这部义侠传，委实和施耐庵写《水浒传》、曹雪芹写《石头记》的情形不同。《石头记》的范围只在荣、宁二府，《水浒传》的范围只在梁山泊，都是从一条总干线写下来。所以不至有抛荒正传、久写旁文的弊病。这部义侠传却是以义侠为范围，凡是在下认为义侠的，都得为他写传。从头至尾，表面上虽也似乎是连贯一气的，但是那连贯的情节，只不过和一条穿多宝串的丝绳一样罢了。这十几回书中所写的人物，虽间有不侠的，却没有不奇的，因此不能嫌累赘不写出来。

于今再说知圆和尚自无垢圆寂之后，他一手掌管红莲寺的全权。无垢在日原传给了他不少的法术，后来他又跟孙癞子学习些儿。孙癞子既去，知圆和尚便渐渐地不安本分了。不过他为人聪明机警，骨子里越是不安本分，表面上越显得一尘不染，众善奉行，他那种行事机密的本领，实在了不得。不仅做得一般寻常人识不破，受了他些微好处的人还歌功颂德。就是孙癞子因与他也有师徒关系，时常到红莲寺来看他，尚且不知道他久已在地窟里干出了许多无法无天的事。听得邻近的人称赞他的功德，反欣然奖饰他。若不是他恶贯满盈，鬼使神差地把卜巡抚弄到寺里来，或者再过若干年还不至于破案。

前书中，写他劝卜巡抚削发不从，就叫两个小和尚去提石灰布袋来，打算将卜巡抚闷毙。想不到小和尚会无端突然死了一个，只得亲自去取。却又忽然起了一阵旋风，将几盏灯完全刮倒在地。他惊得只好念动真言，以为是鬼魅便没有收伏不下的。念过真言以后，一伸手去提那布袋，就和生了根一样，用尽气力也提不下来。连忙放手捏指一算，不觉吃惊，说道：“不好了，有阴人在暗中和我作对。”一面说，一面两脚在地上东踏一步，西点一脚，两手也挽着印结，圆睁两只暴眼，口中不知念诵些什么。甘联珠一见情形，知道他要用雷火来烧了，自料抵敌不住，忙一手拉了陈继志，匆匆逃出了地窟。知圆和尚白使了一阵雷火，见也不曾烧着什么东西。他此时也想不到甘联珠用隐身法在暗中保护卜巡抚，心里只疑惑是卜巡抚命不该绝，只好不取那石灰布袋了。仍回到那间大地室里，对那些青年和尚说道：“这狗官既不肯听我的话，立时剃度出家。留着他在这里，使我心里不快活。你们将他推出去，用那口鼻涕钟把他罩起来。也不要去理他，只活活地将他饿死闷死，看他有什么神通能逃出钟外去?”卜巡抚到了这一步，见软求硬扛都不中用，唯有咬紧牙关，一言不发，听凭一班恶僧摆布。那些青年和尚的年龄虽小，力气却都不小，那么高大的一口钟，只四个人用手一扛，就扛起离地好几尺了。勒令卜巡抚蹲下，掩盖得一丝不漏。卜巡抚初时还在钟里面大声叫唤，外边的和尚听了，用铁棒在钟上敲了一下，骂道：“再敢叫唤，我们就拿柴来围住烧死你。你想想，有谁到这地方来救你，叫唤给谁听?”卜巡抚闷在钟里，听那铁棒敲在钟上的声音，竟比在耳根前响了一个巨雷还来得厉害，两耳只震得汪汪地叫个不止。外边的一切声息，从此全听不得了。知圆和尚以为，一个文弱书生，盖在一口四边不透风的钟里面，绝不能经过多少时日不死。红莲寺从来没有作恶的声名在外，平日在寺中害死的人也不少了，一点风声都不曾露出去，这回也必不至败露，因此毫不放在心上。表面上仍督率着满寺的僧人做佛事，以掩饰外人的耳目。

中秋这日，陆小青因错过了宿处，到红莲寺借宿。知圆和尚虽提防着长沙有探访卜巡抚下落的人来，然看陆小青不像是衙门中做公的人，并且年纪很轻。红莲寺原来不与寻常寺庙相同，在无垢当住持的时候，就允许从远处来拜佛的人及过路的借宿，特地造了几间客室。无垢的意思，以为寺里越是有不可告人的隐事，越不能拒绝外边的人来寺里歇宿。那知客僧原来是一个大盗，知圆和尚因赏识他的武艺，就劝他出家，是知圆和尚最得力的一个帮手，这夜他因看见陆小青在鼻涕钟旁边徘徊，就疑心陆小青已发现钟里有人了。陆小青看见鬼魂的事，知客僧并不知道。当时知客僧既看见陆小青在那钟旁边站着，立时就到地窟里报告知圆。知圆尚不在意地说道："你只去宰了他便完事，估量那小子有什么能为?"哪晓得此时甘联珠和陈继志又已到红莲寺里来了，在客室窗外看见知客僧举缅刀要劈陆小青，连忙对准那举刀的手腕射去一口梅花针。知客僧是个莽人，只知道中了人家的暗器，抬不起肩窝了，也无心细察这暗器是什么，是从哪里发来的。及至率领几十个同党，翻身杀到客室来，见陆小青已没有了。地下散了许多碎瓦，屋上铁悬皮都被冲成一个大窟窿，才疑惑来的不仅陆小青一人，急急将情形报明知圆和尚。知圆也不免有些惊慌起来，即时打发一般没有能耐的党羽，趁夜逃往别处去。自己带了几个有本领的，仍在寺里守着，非到祸事临头不走。

半夜容易过去。次日，知圆正和手下几个和尚商量，要把那钟揭开来，将卜巡抚的尸掩埋了灭迹，忽见常德庆支着拐杖，一颠一跛地走进寺来，埋怨知圆道："你这秃驴的胆量也忒大了些，怎的敢惹出这么大的是非来?你知道于今就是你自己昆仑派来的人，到这里来和你作对吗？你还不赶紧逃命，定要坐在这里等死呢?"知圆平日虽是认识甘瘤子、常德庆等崆峒派的人，然只因派别不同的关系，彼此都不大来往，就是常德庆亦不知道知圆在红莲寺如此作恶。这回是甘瘤子有意要趁这机会，将昆仑派的人拉到崆峒派来，以报吕宣良拉桂武到昆仑派去的宿怨。所以特打发常德庆到红莲寺来劝知圆暂时离开红莲寺。甘瘤子明知卜巡抚遇救，定要把红莲寺付之一炬的，他便好从中挑拨知圆，说是吕宣良、红姑一班昆仑派的人，存心与知圆为难，好使昆仑派的人自相仇杀。果然柳迟、陆小青等一干人救醒卜巡抚之后，搜查寺中，除在地室里搜出二十多个青年男女尸体外，一个和尚也没有拿着。卜巡抚也是恨极了，当下就发令举火焚烧红莲寺。烧罢，带着陆小青、柳迟回衙。细问二人的来历，打算尽力提拔二人。柳迟再三推辞，说父母在堂，本身没有兄弟，不能不朝夕在家侍奉。卜巡抚十分嘉状他能孝，只得由他回去。陆小青原是没有职务的人，就此跟着卜巡抚，后来官也做到了参将。柳迟虽家居侍奉他父母，然就因吕宣良差他救卜巡抚的事，和知圆一班恶僧结下了仇怨，加以甘瘤子、常德庆等与昆仑派有宿嫌的人从中构扇，也不知闹过了多少次风波，费了多少力，才将铁头和尚知圆拿住正法，至于两派仇怨，直到现在还没有完全消失。不过在下写到这里，已不高兴再延长下去了，暂且与看官们告别了。以中国之大，写不尽的奇人奇事，正不知有多少人。等到一时兴起，或者再写几部出来给看官们消遣。